SCHRECKEN DER NACHT
Teil 1
Eine Sammlung von Kurzgeschichten

TOM COLEMAN

SCHRECKEN DER NACHT
Teil 1

Tom Coleman

Urheberrecht

Schrecken der Nacht 1

ÜBER DEN AUTOR

"Dieses Buch ist Horror neu definiert. Düster und mit mehr Wendungen als ein Labyrinth. Ich freue mich darauf, mehr von diesem Autor zu lesen."
Amazon-Leser über die Sammlung Horrors Next Door

Seit seiner Kindheit hatte er ein großes Interesse an Rätseln, Geheimnissen und dem Abnormalen. Er liebte den Nervenkitzel, wenn sein Verstand durch ein Rätsel verwirrt und in Erstaunen versetzt wurde.
Heute schreibt er Bücher für Menschen, die seine Begeisterung für gruselige und geheimnisvolle Geschichten teilen.

TOM COLEMAN

Wenn Sie Horror und Mystery mögen, werden Sie seine Bücher lieben.

WIR VERSAMMELN ALLE Leute mit einer Leidenschaft für Horror/Mystery/Thriller in unserer speziellen Gruppe. Wenn Sie dabei sein und sich mit uns verbinden wollen, treten Sie unserer Gruppe bei :)

Melden Sie sich hier an[1]:
https://www.facebook.com/groups/541739063097831/

---

1. https://www.facebook.com/groups/541739063097831/

SCHRECKEN DER NACHT 1: UNHEIMLICH IRR MYSTERIÖS - EDLE HORROR KURZGESCHICHTEN

INHALTSVERZEICHNIS

BABYSITTER

KAPITEL EINS

Rachel ging verärgert aus der Klasse. Sie konnte nicht glauben, dass Mrs. Gertrude ausgerechnet den heutigen Tag ausgewählt hatte, um ihnen Hausaufgaben zu geben. Sie hasste schon Mathe und sie hasste Aufgaben, aber sie an dem Tag zu kombinieren, an dem sie babysitten musste, war fast unfair.

Sie stöhnte, als sie durch den Flur ging, der mit anderen verärgerten, aufgeregten oder passiven Teenagern gefüllt war.

"Warum siehst du so aus, als hättest du Verstopfung?", fragte ihre bissige beste Freundin Sally mit einem Grinsen.

"Was denkst du denn?" Rachel wusste, dass Sally sie nur aufziehen wollte. Es war eine gute Gelegenheit für Rachel, als Babysitterin etwas Geld zu verdienen, aber der Zeitpunkt war absolut falsch.

"Mach einfach deine Hausaufgaben nach der Schule, damit du abends Zeit zum Babysitten hast." Sally brachte ein vernünftiges Argument vor, aber Rachel sah ihre Freundin immer noch an, als sei sie verrückt.

"Wer macht schon tagsüber seine Hausaufgaben? Außerdem wissen wir beide, wie reich die Graysons sind. Allein das Babysitten heute Abend bringt mir mehr ein, als ich jemals pro Tag verdient hätte, als ich bei Burger King gearbeitet habe."

"Sie sind auch super gruselig - zumindest habe ich das gehört."

"Nicht sie - sie sind in Ordnung, soweit ich das beurteilen kann - es sind die Kinder, die mir Angst machen."

Sally lachte über ihre Bemerkung.

Rachel runzelte die Stirn. Was war an dieser Aussage so lustig?

"Weißt du, wie seltsam es für dich ist, zuzugeben, dass zehn- und achtjährige Kinder gruselig sind und trotzdem auf sie aufpassen zu wollen?"

"Wie schlimm kann es schon sein? Wahrscheinlich sind sie nur anspruchsvoll, wie alle reichen Kinder. Außerdem scheinen sie sehr zurückgezogen zu leben und nicht viele Freunde zu haben. Es könnte gut für sie sein, mich in der Nähe zu haben."

Rachels Freundin warf ihr einen wissenden Blick zu, der sie zusammenzucken ließ. "In Ordnung, gut." Rachel hob ihre Hände. "Ich mache das hauptsächlich wegen des Geldes und nicht, weil mich zwei reiche Kinder interessieren. Davon abgesehen, warum kann ich nicht beides machen?"

"Schon gut. Mach einfach deine Hausaufgaben, wenn du morgen nicht eine Null bekommen willst."

Rachel hatte eine brillante Idee, aber Sally kam ihr zuvor. "Nein", sagte sie, "ich tue es nicht für dich."

Rachel runzelte die Stirn.

SPÄTER AM ABEND WAR sie endlich bereit zu gehen. Die junge Teenagerin zog ihr bestes formelles und doch legeres Kleid an und ging nach unten. "Mama, Papa, ich bin weg."

"Mach einen guten Eindruck, Süße", sagte ihre Mutter, die mit ihrem Vater auf der Couch saß und die Nachrichten sah, zu ihr.

"Benimm dich gut", fügte Papa hinzu.

"Natürlich. Wann benehme ich mich nie von meiner besten Seite?"

Ihre beiden Eltern spotteten.

Rachel rollte mit den Augen.

RACHEL MUSSTE NICHT weit laufen, um das Herrenhaus der Graysons zu erreichen, denn sie wohnte nur einen Häuserblock von dort entfernt. Es war das größte Gebäude der Stadt, die Schule, das Krankenhaus und den Supermarkt nicht mitgerechnet.

Sie erreichte das Tor und sah dort den Wachmann. Es war ein grimmig dreinblickender Mann. "Hallo, ich...", begann sie, aber bevor sie noch mehr sagen konnte, öffnete der Mann das Tor. Sie schaute ihn unbeholfen an, bevor sie in Richtung des Hauses eilte. Rachel gefielen die vielen Lichter im Garten und die Gestaltung des Geländes. Es gab viele rote Blumen, vor allem Rosen, und die Beleuchtung war gedämpft, aber abwechslungsreich. Der Weg vom Tor zum Haupthaus kam ihr fast so lang vor wie der von ihrem Haus zum Haus der Graysons.

Niemand wusste viel über die Graysons. Sie waren vor vier Jahren in die Stadt gezogen und schienen sehr reich zu sein, aber sie wirkten auch unheimlich. Der Patriarch des Haushalts, Calvin Grayson, war ein gutaussehender und charismatischer Mann, der sehr gut mit Menschen umgehen konnte, aber immer einen Weg fand, nicht zu viel von sich preizugeben - zumindest sagte das Rachels Vater immer. Caroline Grayson, seine Frau, war eine königliche Frau, die einen exquisiten Geschmack und Selbstsicherheit ausstrahlte. Sie war immer freundlich zu Rachel und ihrer Familie, soweit der Teenager wusste, und Rachels Mutter mochte sie sehr. Ihre Eltern waren sich jedoch einig, dass sie nie über ihr Privatleben oder das Leben der Familie vor ihrer Ankunft in Verdon sprach.

Das Seltsamste an dieser Familie waren zweifellos die Kinder, Jeremy und Maya. Jeremy war zehn Jahre alt und Maya war acht. Jeremy war der forschere der beiden, und seine Diktion war besonders beeindruckend. Man merkte ihm an, dass er die besten Schulen besucht hatte, bevor er nach Verdon zog, aber sie bestanden darauf, dass er zu Hause unterrichtet worden war. Maya war sehr zurückhaltend, aber ihre kugelähnlichen Augen waren ziemlich gruselig, wenn man Rachel fragte.

Als sie die Tür erreichte, runzelte sie nach dem langen Weg die Stirn. Wenn sie nach dem Pförtner rief, würde er sie überhaupt hören können?

Rachel klopfte an die Tür, und sie öffnete.

Der junge Jeremy stand ihr gegenüber, ein Lächeln im Gesicht. "Wir haben auf Sie gewartet, Miss Rachel." Sein Lächeln hatte etwas Beunruhigendes an sich, aber Rachel beschloss, sich nichts draus zu machen. "Bitte, kommen Sie herein."

"Hallo, Jeremy", grüßte sie, während sie in das große Vorzimmer ging, das eher wie ein Flur aussah, und sie betrachtete diesen Bereich des Hauses mit Erstaunen. "Heiliger..." sagte Rachel und hinderte sich daran, vor dem Jungen zu fluchen.

Mr. und Mrs. Grayson kamen mit Maya in den Flur, die sich hinter ihnen versteckte. Mensch, sie sah unheimlich aus.

"Ah, Rachel, Sie sind hier", sagte Mr. Grayson aufgeregt. "Danke, dass Sie gekommen sind. Wir brauchen Sie nur, um auf die Kinder aufzupassen, bis wir zurückkommen. Das dürfte so ein oder zwei Stunden dauern."

Mrs. Grayson flüsterte etwas in Mayas Ohr. Das Mädchen schien aus irgendeinem Grund verärgert zu sein, und Rachel machte sich eine Notiz, sie später danach zu fragen.

"Haben Sie mich gehört?" erkundigte sich Mr. Grayson.

"Oh, ja. Ja, Sir", sagte Rachel ein wenig aufgeregt. Das Haus war so hell und glitzernd, mit vielen gläsernen Möbeln wie dem riesigen Kronleuchter in der Mitte der Halle, einer Glasvase, Skulpturen und anderen Dingen.

"Ich weiß, es ist ein bisschen viel", sagte der Vater mit Blick auf das auffällige Design, "aber Sie werden sich daran gewöhnen.

"Bitte, kümmern Sie sich um meine Kinder", sagte Mrs. Grayson zu Rachel.

Rachel fragte sich, warum die Frau so angespannt war, obwohl sie nur für ein paar Stunden wegfahren wollte.

"Sie sind ... besondere Kinder, die eine besondere Betreuung brauchen. Tun Sie einfach alles, worum sie bitten, solange es sich im Rahmen der Vernunft bewegt, und versuchen Sie, ihre... Exzentrizitäten zu verstehen."

Sie nickte der Frau unbeholfen zu, die lächelte.

"In Ordnung. Wir werden gehen."

"Ich hoffe, du bist bald zurück, Vater", sagte Jeremy mit einem seltsamen Lächeln, das seinen Vater zum Stirnrunzeln brachte. Mr. Grayson öffnete die Tür, damit seine Frau hindurchgehen konnte.

"Mach keine Dummheiten", ermahnte der Vater.

Obwohl sie es für hart hielt, wollte Rachel nichts sagen. Es war ihre Chance, gutes Geld zu verdienen, und sie würde sich freuen, wenn man sie wieder anrufen würde.

"Sicher, Vater. Wann befolge ich deine Befehle nicht?"

Rachel spürte eine gewisse Spannung zwischen Vater und Sohn, und sie musste sich daran erinnern, dass es sie nichts anging. "Ich wünsche Ihnen eine gute Reise, Mr. und Mrs. Grayson", sagte sie. Sie alle winkten, bevor Rachel die Tür schloss.

Sie drehte sich zu den Kindern um. Sie waren ein krasser Gegensatz zueinander. Jeremy hielt sein Kinn hoch und hatte eine aufrechte Haltung. Er sah selbstbewusst aus... ein bisschen zu selbstbewusst. Die Art, wie er sie ansah, hatte etwas Unbehagliches, als ob er etwas wusste, was sie nicht wusste.

Maya hingegen war sehr zurückhaltend. Ihre Schultern hingen herab und sie starrte meistens auf den Boden. Wenn sie zu Rachel aufblickte, blinzelte Maya nie mit den Augen. Rachel wusste, dass es keine gute Art war, ein Kind zu beschreiben, aber sie sah unheimlich aus.

"Okay, Kinder - lasst uns etwas Lustiges machen, während eure Eltern weg sind." Rachel hatte geplant, sich zu amüsieren und die Kinder glauben zu lassen, dass sie sich auch amüsieren würden. "Warum führt ihr zwei mich nicht ein wenig herum? Ich würde gern mehr über euch und dieses wunderbare Haus erfahren, aber es ist zu groß..."

"Überlass das mir", bot Jeremy an. Er packte sie an der Hand und zog sie mit sich.

"Was ist mit deiner Schwester?", erkundigte sie sich, aber Maya starrte sie nur an, als Jeremy sie wegzog.

"Es wird ihr gut gehen. Vertrau mir. Maya braucht Platz, um ihre... Experimente durchführen zu können."

"Experimente?"

"Genug von ihr. Ich zeige dir mein Zimmer. Danach sehen wir uns das grüne Zimmer an, wo alle Pflanzen gezüchtet werden. Und dann das Kunstzimmer." Jeremy klang zu alt für sein Alter.

Rachel wollte die Kinder nicht verärgern und liess sich darauf ein.

Sie gingen zuerst in sein Zimmer. Es sah aus wie das Zimmer eines Kindes, das viel zu klug für sein Alter war. Sie sah mehr Bücher, als sie jemals im Zimmer eines Zehnjährigen erwartet hätte. "Wow, du liest", sagte sie und blätterte durch einige der Bücher.

Moment - was? Sie fand einige sehr... beunruhigende Zeichnungen auf einigen der Seiten. Was waren sie - Folterwerkzeuge?

"Das Mittelalter", sagte Jeremy hinter Rachel und erschreckte sie.

Sie warf den Kopf herum und sah, wie er sie mit einem bedrohlichen Blick und einem Lächeln anstarrte.

Er richtete seinen Blick auf das Buch und fuhr mit den Fingern über die Seiten. "Damals hatten sie die besten Foltergeräte. So viele innovative Waffen, die jeden in Angst und Schrecken versetzten, der sie sah, ganz zu schweigen von denen, die die Folter zu ertragen hatten."

Rachel konzentrierte sich auf den Gesichtsausdruck des Jungen, während er sprach. Er schien von den makabren Geräten fasziniert zu sein.

"Wir sollten... zurück zu Maya gehen", sagte Rachel und versuchte, die Anspannung, die die Reaktion des Jungen in das Gespräch gebracht hatte, abzubauen. Er sah fast hungrig aus, als er davon sprach.

"Wenn du meinst", bemerkte Jeremy, "aber wir haben unsere Tour noch nicht beendet."

"Aber..."

"Ich *sagte,* wir sind noch nicht fertig." Jeremy sagte dies mit einem Ton der Endgültigkeit, nahm ihre Hand und führte sie aus dem Zimmer und durch die großen, verwirrenden Gänge des Hauses, um Maya im grünen Zimmer zu treffen, wo sie mit einigen Tieren spielte.

Rachel war schockiert, als sie das Blut sah - experimentierte sie etwa mit lebenden Tieren?

"Das ist ... interessant", sagte Rachel und versuchte, enthusiastisch zu sein.

"Maya interessiert sich für einige dunklere Dinge. Meine Eltern machen sich Sorgen, aber ich finde, man sollte ihr die Möglichkeit geben, diese Dinge zu erforschen."

"Ist das so?" Rachel war dieses Mal auf der Seite der Eltern. Sie waren zu Recht besorgt über diese Art von Verhalten, aber egal - sie war nicht ihr Kind. Alles, was Rachel tun musste, war, das Geld zu nehmen und den Mund zu halten.

"Wirst du dieses Geheimnis für dich behalten?" fragte Jeremy mit seinem typischen seltsamen, aber zuversichtlichen Lächeln.

"J-ja." Rachel war ein wenig verwirrt, was da genau vor sich ging.

Als sie fertig war, wusch Maya ab, und sie amüsierten sich mit Brettspielen wie Monopoly und Dame. Maya wirkte gestresst und verängstigt. Sie blieb in der Nähe von Jeremy. Sie waren ja schließlich Geschwister, also war das an sich nicht allzu überraschend.

RACHELS AUGEN FLATTERTEN auf und ab. Das Licht war aus, aber eine der Lampen war angezündet worden.

Was war geschehen? Sie erinnerte sich daran, dass sie Brettspiele gespielt hatten, und das war das letzte, was ihr einfiel. Rachel sah sich um. Sie merkte, dass sie sich im Wohnzimmer befand, und sie hatte geschlafen. Wo waren die Kinder?

Sie fragte sich, ob sie zu Bett gegangen waren. Rachel rieb sich die Augen. Sie sah sich um, aber die Kinder waren nirgends zu sehen. "Verdammt! Die Graysons werden wütend auf mich sein, wenn sie nach Hause kommen und mich so vorfinden, und die Wohnung ist ein einziges Durcheinander."

Rachel wuselte herum und ordnete die Wohnung. Sie wollte das Licht anmachen und fragte sich, warum das Licht überhaupt aus war. Sie vermutete, dass man es ihr zuliebe ausgeschaltet hatte, als sie gestürzt war. So nette Kinder.

In diesem Moment rutschte sie auf etwas aus und fiel auf den Rücken.

Rachel stand auf und tastete herum, um zu sehen, worauf sie gefallen war. Das Licht der Lampe war nicht übermäßig hell, aber es war immer noch deutlich genug, um ihr genau zu zeigen, worauf sie gefallen war und was sich auf ihrer Hand befand.

"Blut", sagte Rachel geschockt. Sie taumelte rückwärts und rutschte erneut in der Blutlache aus. Diesmal fiel sie auf einen festen Körper.

Rachel drehte sich schnell um und erschrak, ihr Körper war blutverschmiert. Sie trat von dem, worauf sie gelandet war, zurück. "Oh, mein Gott. Oh, mein Gott", sagte sie. "Oh, mein Gott!" Sie konnte nicht glauben, was sie da sah. Sie stand auf und machte sofort das Licht an.

"Mr. und Mrs. Grayson... Oh, Gott."

SCHRECKEN DER NACHT 1: UNHEIMLICH IRR MYSTERIÖS - EDLE HORROR KURZGESCHICHTEN

Sie waren zurück... und sie waren tot.

KAPITEL ZWEI

RACHEL BEEILTE SICH, die Leichen zu bedecken, während sie nach ihrem Telefon suchte, um den Notruf zu wählen. Die Polizisten mussten so schnell wie möglich vor Ort sein. Ein Mord war begangen worden. Rachel konnte ihr Telefon nicht finden, aber ein Gedanke kam ihr in den Sinn: Was, wenn die Polizisten sie verdächtigten? Sie lag in einer Blutlache inmitten eines Tatorts. Die Dienstmädchen waren nicht in der Nähe, soweit sie das beurteilen konnte, und die Kinder - ja, die Kinder! Vielleicht wussten sie, was passiert war.

"Dieses verdammte Haus ist ein gottverdammtes Labyrinth", klagte Rachel. Ihre nächstbeste Möglichkeit war, den Wachmann anzurufen, aber selbst er könnte Verdacht schöpfen und sie beschuldigen. Sie erinnerte sich an den Blick, den er ihr zugeworfen hatte, als sie ihn am Tor gesehen hatte. Rachel musste mit den Kindern gehen, wenn sie ihn treffen wollte, und die Kinder waren nirgends zu finden.

"Wir müssen sie finden. Ich hoffe, es geht ihnen gut", sagte Rachel zu sich selbst. Sie ging zuerst in die Besuchertoilette in der Nähe des Wohnzimmers, um sich abzuwaschen. Als sie fertig war, machte sich Rachel auf die Suche nach ihnen.

"Jeremy! Maya!" Rachel schrie. Sie versuchte, sich an den Weg zu erinnern, den sie beim letzten Mal zu Jeremys Zimmer genommen hatte. Warum waren alle verdammten Lichter ausgeschaltet? Das Haus war ihr unheimlich, wenn das Licht aus war. Dazu kamen noch die Leichen unten, und es war definitiv keine ideale Situation, und auch nicht das, was sie sich vorgestellt hatte, als sie diesen Job angenommen hatte.

Wo zum Teufel war ihr Telefon, und wo waren die Kinder? Wie zum Teufel war sie in diesen Schlamassel geraten?

Ein Geräusch ließ sie auf der Stelle stehen. Soweit sie sehen konnte, hatte jeder Gang etwa acht Türen. Versteckte sich jemand hinter einer dieser Türen? Was zum Teufel war hier los?

"Ist da jemand?", fragte sie und hörte nichts.

Draußen waren Geräusche zu hören. Sie klangen wie... Regentropfen? Hat es geregnet? Rachel musste die Kinder schnell finden, sonst würde es ihr schwer fallen, jemandem die Situation zu erklären. Trotzdem hatte sie das Gefühl, dass sie beobachtet wurde, und das machte sie unruhig.

Ihr Herz schlug schnell, und sie machte sich Sorgen, dass der Mörder der Graysons im Haus war und sie verfolgte. Vielleicht sollte sie aufhören, nach Jeremy und Maya zu schreien.

Rachel ging schnell, ohne sich umzudrehen, und nahm so viele Kurven wie möglich, bevor sie einen der Räume betrat und die Tür hinter sich schloss.

Der Raum war... unheimlich. An den Wänden hingen Gemälde, auf denen abscheuliche und beängstigende Dinge zu sehen waren: eine Person, der von irgendwelchen seltsamen Kreaturen die Eingeweide herausgezogen wurden, eine Frau, die in Brand gesteckt wurde... wer hatte diese Dinge gemalt?

Rachel beschloss, den Raum zu verlassen - sie konnte sich dort nicht länger allein verstecken. Die Kinder könnten in Gefahr sein, und der Mörder könnte hinter ihnen her sein. Sie musste mutig sein. Das Geld spielte keine Rolle mehr. Jetzt war es ernst, und sie musste das Leben dieser armen Kinder schützen und gleichzeitig vor dem Mörder fliehen.

"Scheiße! Scheiße, Scheiße, Scheiße, Scheiße!" Rachel beklagte ihre verfluchte Situation, als sie den Raum verließ und so schnell rannte, wie sie konnte. Sie hörte Schritte hinter sich, was sie veranlasste, noch schneller zu rennen. War sie wirklich kurz davor zu sterben? Während sie rannte, versuchte sie, eines der Lichter einzuschalten, um zu sehen, wer hinter ihr war, aber es war niemand da. Hatte sie sich das alles nur eingebildet?

Rachel ging noch etwa fünf Minuten in der Villa umher, bevor sie Schritte in ihre Richtung hörte. War es wieder der Mörder? Hatte er oder sie sie gefunden?

Sie hatte keine Waffe, also ballte sie ihre Hände zu Fäusten. Im Nachhinein stellte sie fest, dass sie ein Messer aus der Küche hätte mitnehmen sollen. Apropos Messer: Wo war die Mordwaffe, die Mr. und Mrs. Grayson so viel Blut hatte vergießen lassen?

"Da bist du ja."

Die Stimme ließ sie aufschreien und in die Luft springen.

Jeremy stand mit einem überheblichen Lächeln vor ihr. "Ich habe dich meinen Namen rufen hören, aber ich konnte dich nicht finden."

"Und du konntest nicht zurückschreien, um mir zu sagen, wo du bist?"

"Mutter und Vater haben gesagt, wir sollen im Haus nicht schreien", antwortete er. Das erinnerte Rachel daran, dass die Eltern des Jungen tot waren, und er schien es nicht zu wissen.

"Jeremy, ich muss dich etwas fragen." Sie kniete sich auf ein Knie, so dass sie auf seiner Augenhöhe war.

Jeremy nickte und wartete mit einem neugierigen Blick auf die Frage.

"Nachdem ich geschlafen habe, ist noch jemand ins Haus gekommen?"

"Nein."

"Hast du deine Eltern heute Abend gesehen?"

"Nein, habe ich nicht. Wahrscheinlich haben sie die Nacht damit verbracht, zu vergessen, dass sie uns zu Hause gelassen haben. Das ist typisch, Miss Rachel. Machen Sie sich nichts draus."

"Ich muss dir etwas sagen, Jeremy." Rachel wusste nicht, wie sie es dem kleinen Jungen erklären sollte, aber er schien älter zu sein, als er aussah, also war es das Beste, die Wahrheit zu sagen. "Deine Eltern sind tot."

"Du machst Witze, oder?", fragte er schmunzelnd.

"Ich meine es hundertprozentig ernst." Rachel sah ihn unverwandt an.

Langsam aber sicher veränderte sich Jeremys Ausdruck von entspannt zu vorsichtig. Er schien tief in Gedanken versunken zu sein, was nicht die Reaktion war, die Rachel erwartet hatte. Sicher, der Junge wirkte älter als sein Alter, aber seine Eltern waren tot - warum flippte er nicht aus? Hatte er bereits davon gewusst? Nach seiner ersten Reaktion zu urteilen, war Rachel sicher, dass Jeremy von der Nachricht wirklich überrascht war, aber mal ehrlich, was wusste sie schon? Sie war kein Lügendetektor, also konnte sie es nicht mit Sicherheit sagen.

"Wo ist meine Schwester?" fragte Jeremy und sah sehr besorgt aus. Das war nicht unerwartet, wenn man bedenkt, was ihm gerade über seine Eltern erzählt worden war, aber Rachel war mehr über seine Reaktion auf das Ableben seiner Eltern besorgt.

"Warum bist du nicht mehr überrascht, dass deine Eltern tot sind?", fragte sie, neugierig, wie er so ruhig bleiben konnte.

"Im Moment geht es mir nur um meine Schwester", antwortete der Junge. "Also, wissen Sie, wo sie ist, Miss Rachel?"

"Ich habe auch nach ihr gesucht. Wo ist sie denn? Ich dachte, ihr zwei seid gegangen, nachdem ich eingeschlafen war. Hast du nicht gehört, dass deine Eltern gekommen sind?"

"Das ist ein wirklich großes Haus, Miss Rachel. Wir sehen und hören nicht viele Dinge." Die Art, wie er es gesagt hatte, und die Art, wie der Junge sich verhielt... irgendetwas stimmte nicht. Aber im Moment war es das Beste, Maya zu finden.

"Wir müssen Maya finden, bevor der Mörder sie findet. Er oder sie könnte noch im Haus sein, und ich habe vor ein paar Minuten gehört, wie mir jemand gefolgt ist." Ein gewaltiger Blitzeinschlag draußen erinnerte sie daran, dass es immer noch regnete. Es schien sogar noch schlimmer geworden zu sein.

"Scheiße - wir müssen trotzdem die Polizei anrufen und das melden."

"Sprache", sagte Jeremy und erinnerte sie daran, nicht zu fluchen, aber wen interessierte das in diesem Moment? Rachels Hauptaugenmerk lag darauf, die Kinder zu beschützen und lebend aus dieser misslichen Lage herauszukommen.

"Habt Ihr ein Telefon? Hast du mein Telefon gesehen? Ich bin aufgewacht und konnte es nicht finden."

"Unsere Eltern geben uns keine Handys. Wir sind noch Kinder, schon vergessen?"

Endlich wurde es Rachel klar. "Warte! Was ist mit dem Festnetzanschluss?"

"Ja, das ist eine gute Idee", bemerkte Jeremy, "aber zuerst muss ich meine Schwester finden."

"Bist du verrückt? Wir müssen die verdammte Polizei rufen!"

"Nicht bevor ich meine Schwester gefunden habe. Was, wenn der Mörder sie erwischt, während wir zum Telefon gehen?"

erkundigte sich Jeremy. "Ich muss Maya beschützen, egal was passiert."

Rachel stöhnte verärgert auf und legte die Hände auf den Kopf. Sie konnte verdammt noch mal nicht glauben, was hier passierte. Warum war der Junge so auf seine Schwester fixiert? Warum war er nicht ausgeflippt, als er gehört hatte, dass seine Eltern tot waren?

Ein Gedanke schlich sich in ihren Kopf. Sie wollte es nicht glauben, aber alle Anzeichen waren da.

Was wäre, wenn Jeremy Grayson seine Eltern getötet hätte?

KAPITEL DREI

RACHEL WUSSTE NICHT, was sie von dem halten sollte, was in ihrem Kopf Gestalt annahm. Sie wollte es nicht glauben, aber alles, was ihr durch den Kopf ging, ergab bisher einen Sinn. Jeremy hatte eine seltsame Vorliebe für das Töten und Foltern, was zu der brutalen Art und Weise passte, wie seine Mutter und sein Vater getötet worden waren.

"Okay. Wir werden zuerst deine Schwester finden." Das schien in diesem Moment die klügste Entscheidung zu sein. Sie musste erst versuchen, Maya zu finden, um zu sehen, was sie aus der Situation machen konnte. Wie sollte sie der Polizei - oder überhaupt jemandem - erklären, dass ein zehnjähriger, sanftmütiger Junge seine Eltern getötet hatte? Selbst wenn sie die seltsamen Zeichnungen in seinem Zimmer finden würden, würde das ausreichen? Verdammt, sie hätte im Staatsbürgerkundeunterricht besser aufpassen oder mehr über das Gesetz lesen sollen.

"Gut. Lass uns zuerst in ihrem Zimmer nachsehen", sagte Jeremy, und sie gingen beide. Rachel achtete darauf, hinter Jeremy zu gehen, während sie ihn aufmerksam beobachtete. Sie fand es schwer zu glauben, dass er es getan haben könnte, aber es war möglich. Rachel fragte sich, ob die Graysons irgendeine Art von Sicherheitskameras hatten, aber sie hielt es nicht für wahrscheinlich. Eine so reiche Familie sollte doch Kameras haben, oder? Bei ihrem Rundgang über das Gelände waren ihr keine Kameras aufgefallen, aber sie hatte auch nicht nach Kameras Ausschau gehalten. Sie war zu sehr in Ehrfurcht erstarrt, um so etwas zu bemerken. Aber würden die Kinder nicht wissen, ob es auf dem Gelände oder im Haus Kameras gab? Sie waren acht und zehn Jahre alt, also war es möglich, dass man es ihnen nicht gesagt hatte. Rachel wusste, dass sie auf das Äußerste hoffte, aber es war eine extreme Situation.

"Wir sind da", sagte Jeremy und öffnete die Tür zu Mayas Zimmer.

Rachel trat ein. Ihr fielen viele Bilder von Tieren auf, was in Anbetracht von Mayas "Experimenten" im grünen Zimmer nicht weiter verwunderlich war.

Maya hatte sich mit einer Decke zugedeckt.

Jeremy ging auf sie zu. Rachel wollte auch, aber er gab ihr ein Zeichen, ihr nicht zu nahe zu kommen. War das kleine Mädchen ein wütender Schläfer oder so etwas?

"Maya", sagte Jeremy leise, "Miss Rachel ist hier. Sie hat mir gerade erzählt, dass Mom und Dad getötet wurden."

Rachel war erschrocken. Warum hatte er ihr das einfach so gesagt? Sie vermutete, dass er seine Schwester besser kannte als jeder andere, also hatten sie vielleicht eine andere Dynamik. Alles an ihrer Situation war abnormal.

Maya flüsterte ihrem Bruder etwas zu, das Rachel nicht verstanden hatte, bevor sie aufstand. Sie rieb sich die Augen, aber Rachel konnte nicht sagen, ob sie es tat, weil sie weinte oder weil sie gerade aufgewacht war. Was zum Teufel war mit diesen Kindern los? Einer von ihnen könnte ein Mörder sein, und der andere war einfach nur seltsam.

"Es tut mir so leid, aber deine Mutter und dein Vater sind tot. Jemand hat sie umgebracht, und die Person könnte noch in diesem Haus sein", sagte Rachel zu dem Mädchen. Ihre Augen sahen so groß und unschuldig aus, aber sie waren trotzdem ziemlich beängstigend. Rachel musste im Moment darüber hinwegsehen. Das kleine Mädchen hatte gerade zwei der wichtigsten Menschen in ihrem Leben verloren, und ihr Bruder könnte es getan haben.

"Wir müssen das Haus verlassen und auch die Polizei rufen. In dem Moment, als Rachel dies sagte, sah Maya erschrocken aus. Es war das erste Mal, dass Rachel echte Emotionen bei dem jungen Mädchen gesehen hatte. Warum hatte sie nicht gewollt, dass die Polizei kommt?

Mayas Blick richtete sich auf Jeremy, und er trat schnell ein.

"Sie hat einen Schock. Kannst du sie ausruhen lassen, und dann können wir nach unten gehen?" Es war offensichtlich, dass Jeremy etwas getan hatte. Maya hatte es gewusst, und deshalb hatte sie Angst, dass die Polizei sie mitnehmen und ihren Bruder erwischen würde.

"Lass uns ins Wohnzimmer gehen", sagte Rachel. "Wir werden nicht mehr warten. Wenn ihr nicht mitkommt, gehe ich allein." Rachel grübelte darüber nach, ob Jeremy auch ihr Telefon mitgenommen hatte. Was war passiert, als sie geschlafen hatte? Ein Teil von ihr war versucht, die Kinder zu fragen, ob sie von irgendwelchen Kameras im Haus wussten - sie erwartete nicht, dass die Überwachungskameras offensichtlich waren, und sie erwartete auch nicht, dass sie in ihren Schlafzimmern waren.

"Weisst du, ob..." begann Rachel, doch bevor sie zu Ende sprechen konnte, traf sie etwas Hartes am Hinterkopf, und sie fiel zu Boden. Rachel war verwirrt, aber sie war noch bei Bewusstsein. Sie drehte sich um und hielt sich mit der Hand am Hinterkopf fest.

"Was zum Teufel? Was ist das, Jeremy?", erkundigte sie sich.

Der Junge sah so verängstigt aus, wie sie ihn noch nie gesehen hatte. Er hielt etwas in der Hand, das wie ein Holzstab aussah. "Es... es tut mir leid. Ich kann nicht zulassen, dass du die Polizei rufst."

"Hm? Du hast also wirklich deine Eltern umgebracht?"

"Was? Nein!" Er sah so angewidert darüber aus, dass sie so etwas überhaupt denken konnte, dass Rachel sich fragte, ob er es wirklich getan hatte.

"Jeremy, tu's nicht", sagte Maya mit sanfter Stimme und zerrte an seinem Hemd.

Rachel war dankbar, dass das Mädchen da war, um ihn in Schach zu halten.

"Hör auf deine Schwester, Jeremy. Du willst doch niemanden mehr töten." Rachels Kopf tat weh. Sie blutete auch, aber ihr Adrenalin hatte für den Moment die Oberhand gewonnen. Rachel musste da lebend rauskommen. Verdammt! Wenn sie gewusst hätte, dass der Junge verrückt genug war, seine Eltern zu töten, wäre sie direkt zur Wache gegangen.

"Ich werde es tun, wie immer", sagte Maya, und Rachel war fassungslos. Hatte sie gesagt, dass sie ihre Eltern getötet hatte?

"Du warst es nicht?"

Die Reaktion des Jungen sagte alles. "Du verstehst nicht", meinte er. "Maya ist ein ... besonderes Mädchen. Sie braucht mich, um sie vor anderen zu schützen, wenn sie ihre Anfälle hat."

"Anfälle? Wie oft ist das schon passiert?" Rachel huschte von ihnen weg, während sie noch auf dem Boden lag. Sie hatte eine Heidenangst.

"Wir mussten umziehen, nachdem Mom und Dad die Polizei bestochen hatten, wenn sie jemanden umgebracht hatte. Das ist nur zweimal passiert. Ich dachte, wir hätten uns alle geeinigt, aber dann kamen Mom und Dad zurück und sagten mir, sie würden Maya in ein "besonderes" Heim für besondere

Menschen bringen. Sie fühlten sich schuldig für das, was sie in der Vergangenheit für Maya getan hatten, und jetzt wollten sie sie wie eine nutzlose Stoffpuppe wegwerfen. Waren sie es nicht, die sie so auf die Welt gebracht hatten? Und sie wagten es, sie als defekt zu betrachten? Ich wusste schon, was das bedeutete. Ich wollte nicht zulassen, dass man sie mir wegnimmt." Jeremy reichte seiner Schwester die Hand.

Rachel sah, wie verrückt sie gewesen war. Er mochte eine Vorliebe für das Makabre haben, aber Rachel war diejenige gewesen, die gesehen hatte, wie der Vor-Teenager Tiere zerlegte. Sie hätte es besser wissen müssen, aber wer, zum Teufel, würde jemals eine Achtjährige verdächtigen, ihre Eltern brutal zu ermorden?

"Ich habe sie zur Rede gestellt, über das, was sie getan haben. Du hast geschlafen, als sie zurückkamen, und mitten in unserem Streit hat Maya die Sache selbst in die Hand genommen."

Maya starrte Rachel an, als sie näherkam. So nah an der Mörderin konnte Rachel eindeutig erkennen, dass das kleine Mädchen krank im Kopf war und mit allen Mitteln versorgt werden musste. In diesem Moment musste sie jedoch am Leben bleiben und sich vor dem sicheren Tod schützen. Wenn sie dort starb, konnten die Kinder die Geschichte so auslegen, wie sie wollten. Sie war sogar sicher, dass das der ursprüngliche Plan gewesen war.

"Du hast deine eigenen Eltern getötet."

"Sie wollten mich von meinem Bruder trennen... meinem Beschützer... dem einzigen, der mir erlaubt, zu tun, was ich will."

Tun, was sie will? Sie nannte das Ermorden von Menschen und Tieren "tun, was sie will"? Im Ernst - worauf *hatte* sie sich da eingelassen?

"Das wollte ich nicht zulassen."

"Und warum hast du mich danach nicht umgebracht? Du wolltest mir den Mord anhängen, was?"

"Wir waren noch dabei, unsere Geschichte auszuarbeiten, als du aufgewacht bist, also mussten wir improvisieren. Ich bin dir eine Zeit lang gefolgt, als du durch das Haus gestolpert bist, ohne etwas zu wissen. Es ist eine praktische Geschichte: Kinder töten den Babysitter, der ihre Eltern umgebracht hat."

Rachel wollte das jedoch nicht zulassen. Sie mochte schwer verletzt sein, aber sie war ein Teenager, und das waren Kinder. Auf keinen Fall wollte sie deswegen ins Gefängnis gehen. Es gab einen noch wichtigeren Grund, warum sie es dort beenden musste: Die Kinder sollten nicht in der normalen Gesellschaft leben dürfen. Sie schienen bereits unheilbar gebrochen zu sein. Waren sie schon so geboren worden?

Trotzdem war es ihr egal.

Maya holte aus, und Rachel stürzte im selben Moment nach vorne und stieß das Mädchen zurück. Die Geschwister schauten überrascht, dass sie noch so viel Kraft und Zusammenhalt in sich hatte.

"Du kranke kleine Schlampe!" Rachel war von einem Urinstinkt erfüllt, zu überleben und die manipulativen Kinder aufzuhalten. Die furchterregendsten und unscheinbarsten Killer in ihrer Vorstellung waren Kinder, ein wahrgewordener Albtraum.

Rachel schlug dem Mädchen mit aller Kraft ins Gesicht, so dass sie blutete. Sie spürte einen stechenden Schmerz in ihrer Taille und drehte sich um, um zu sehen, dass Jeremy sie niedergestochen hatte.

"Du wirst uns nicht auseinanderreißen", schrie Jeremy. "Maya braucht mich, und ich brauche sie. Wir sind für immer zusammen."

Rachel packte seinen Kopf und schlug ihn mehrmals auf den Boden, ohne aufzuhören. "Dann ... solltet ... ihr ... zusammen ... in ... der ... Hölle ... sein!" Sie schlug nach jedem Wort auf seinen Kopf ein. Er war tot, bevor sie zu Ende gesprochen hatte.

Maya kreischte so laut, dass Rachel Jeremy loslassen musste, um sich die Ohren zuzuhalten. Sie fiel zurück.

"Du hast ihn umgebracht", schrie das kleine sadistische Mädchen. Sie kletterte auf Rachel und versuchte, sie mit dem Messer, das Jeremy benutzt hatte, zu erstechen.

Rachel drehte das Messer schnell von Mayas Hand weg und stach auf das Mädchen ein. Sie stach noch einmal zu, und noch einmal, nur um sicherzugehen.

Das kleine Mädchen starb mit ihrem finsteren, eulenartigen Blick, der auf Rachel gerichtet war.

Die Babysitterin war verletzt. Sie wusste, dass sie gleich sterben würde. Rachel sackte auf dem Boden zusammen. Sie war bereit zu sterben. Sie wusste, dass keine Hilfe zu erwarten war.

Rachel blickte zur Seite. Ihr Telefon lag unter dem Tisch. Hatten sie es dort versteckt?

Sie wählte den Notruf und wusste bereits, dass sie eine Menge zu erklären haben würde.

"911. Was ist Ihr Notfall?"

"Ich bin in der Grayson-Villa in Verdon. Sagen Sie der Bezirkspolizei, sie soll sofort herkommen. Es gab eine Reihe ... äh ... eine Reihe von Morden", schaffte sie es zu sagen und ertrug den Schmerz, bevor sie die Verbindung unterbrach.

SCHRECKEN DER NACHT 1: UNHEIMLICH IRR MYSTERIÖS - EDLE HORROR KURZGESCHICHTEN

Gerade als ihre Augen der Dunkelheit weichen wollten, bemerkte Rachel etwas, das wie eine Kamera im Raum aussah. Sie lächelte. Es war nicht verwunderlich, dass die Eltern, die über das unheimliche Verhalten ihres Kindes besorgt waren, überall im Haus Kameras angebracht hatten. Jetzt konnte sie beruhigt sein, denn sie wusste, dass alles aufgezeichnet worden war... oder doch nicht?

(Nach einer Idee meiner lieben Leserin Constance)

DIE DUNKLE SEITE

"Guten Morgen, mein Schatz." Selene öffnete die Augen und sah ihren anmutigen und liebevollen Mann, Damien. Sie war wach, aber sie hielt die Augen geschlossen, weil sie wusste, dass er sie beobachtete. Das tat er oft, und sie liebte es.

"Hey, Hübscher", sagte Selene zu Damien.

Er lächelte und gab ihr einen leidenschaftlichen Kuss. Während ihre Zungen miteinander schmusen, denkt sie darüber nach, wie schön es ist, die Liebe seines Lebens neben sich zu haben.

Selene Foster und Damien Richards waren seit zwei Jahren zusammen, und sie waren glücklich. Sie sah definitiv eine Zukunft mit diesem Mann. Doch in letzter Zeit waren die Dinge anders. Sicher, Damien war im Grunde immer noch der perfekte Freund - er war loyal, fürsorglich, reich, gut im Bett und klug. Trotzdem wurde Selene das Gefühl nicht los, dass etwas nicht stimmte. In den letzten Monaten hatte er sich distanziert verhalten und war regelmäßig in sein privates Zimmer gegangen, um dort zu arbeiten. Nach einem Jahr Beziehung war Selene bei ihm eingezogen. Damien hatte nur eine Regel: Niemals in das Privatzimmer gehen. Sie hatte sich daran gehalten, weil er Zeit für sie hatte. Jetzt aber hatte Damien in den letzten Monaten immer weniger Zeit mit ihr verbracht, und das störte sie. Vor zwei Tagen hatte er zwölf Stunden am Stück in seinem Zimmer verbracht. Was zum Teufel hat er da drin gemacht, fragte sie sich.

"Hey, Babe", sagte Damien. "Ich habe darüber nachgedacht, einige meiner Freunde zu einem gemütlichen Beisammensein einzuladen."

"Oh, okay. Wann?", erkundigte sie sich.

"Morgen. Sie werden die nächsten zwei oder drei Tage bei uns bleiben." Das weckte Selenes Interesse. Warum wollten sie so lange bleiben?

"Worum geht es bei diesem Treffen wirklich?" fragte sie und warf ihm einen misstrauischen Blick zu.

Er lachte einfach über ihren Gesichtsausdruck. "Du bist süß, Schatz", sagte Damien. Er ging zu ihr hinüber, wo sie neben dem Bett stand. "Es ist nur eine Zusammenkunft. Du kannst Craig fragen. Es ist nichts Ungewöhnliches. Sie sind nur ein bisschen beengt zu Hause, und ich habe Craig, Marcus und Daniel angeboten, für ein paar Tage hier zu bleiben, damit wir Männerkram machen können."

Sie kniff die Augen zusammen und analysierte sein Gesicht auf der Suche nach Unwahrheiten.

"Wäre es Ihnen lieber, wenn ich mit ihnen für ein paar Tage in ein Hotel gehe, bis es ihnen besser geht?", fragte er und zog eine Augenbraue hoch. "Sieh es so: Sie werden bei uns sein und du kannst uns so lange beobachten, wie du willst."

"Du weißt, dass ich arbeiten muss."

"Nun, daran kann ich nichts mehr ändern, nicht wahr?" Er hatte einige gute Argumente. Damiens Freunde bedeuteten ihm viel, also war es nicht ungewöhnlich, dass er sich auf diese Weise um sie kümmerte. Sie waren ihm gegenüber ebenso loyal, und sie waren alle in gewisser Weise mit ihr befreundet. Aber jedes Mädchen hat seine Unsicherheiten. Was, wenn er Mädchen ins Haus holte, während sie weg war?

Als hätte er geahnt, was sie dachte, sprach Damien: "Dir ist doch klar, dass ich dich jederzeit hätte betrügen können, wenn ich es gewollt hätte, und dass ich dazu nicht meine Freunde brauche." Er schenkte ihr ein wissendes Lächeln. Damien arbeitete von zu Hause aus, und da er Künstler war, konnte er sich seine Zeit so einteilen, wie er wollte, im Gegensatz zu Selene, die einen Nine-to-Five-Job in einem Unternehmen hatte.

"Gut." Sie seufzte.

Damien schien von ihrer Zurückhaltung überrascht zu sein. "Woher kommt diese ... Angst?", erkundigte er sich. "Habe ich dir einen Grund gegeben, mir nicht zu vertrauen?"

Sie wusste warum. Selene hatte sich immer mehr Sorgen über Damiens Geheimniskrämerei gemacht. Was zur Hölle war in diesem verdammten Zimmer? Damien war ein Mann, mit dem sie sich vorstellen konnte, den Rest ihres Lebens zu verbringen, aber eine Ehe setzt Vertrauen voraus - konnte sie ihm völlig vertrauen, wenn er ihr nicht völlig vertraute?

"Komm schon - was ist das Problem?" fragte Damien mit Sorgen in den Augen. "Du kannst es mir sagen. Wir stecken da zusammen drin. Wenn du es mir nicht sagen kannst, wem willst du es sonst sagen?"

"Was ist in deinem Privatzimmer?" So. Sie hatte es laut gesagt. Zwölf Monate lang hatte Selene seine Entscheidung, ihr nicht zu sagen, was in dem Zimmer war, nie in Frage gestellt, aber jetzt war sie damit herausgeplatzt.

"Hier drücke ich meine Kunst aus", sagte Damien. "Es tut mir leid, aber ich bin noch nicht bereit, es jemandem zu zeigen. Ich hoffe, du kannst das verstehen. Ich hoffe, dass ich es dir in Zukunft zeigen kann, wenn ich mich wohler damit fühle.

"Vertraust du mir etwa nicht?"

"Nein, nein, nein, das ist es ganz und gar nicht. Es liegt an mir. Ich bin noch nicht so weit", versuchte er ihr zu versichern. "Weißt du was? Ich werde es dir am Ende dieses kleinen Treffens mit meinen Freunden zeigen; wie wäre das?" In seinen schwarzen

Augen lag ein durchdringender Blick, als er sie anlächelte, nachdem er ihr den Vorschlag gemacht hatte. Die Art und Weise, wie er den Vorschlag machte, hatte etwas Ungewöhnliches an sich, aber das war ihr egal. Endlich wollte er den letzten Teil seines Lebens mit ihr teilen. Es war ein großer Schritt in Richtung ihrer gemeinsamen Zukunft.

"Das wäre großartig", sagte sie lächelnd. "Um ehrlich zu sein, hat mich das schon eine ganze Weile beschäftigt. Ich bin froh, dass wir endlich den nächsten Schritt machen."

"Ich auch", sagte er, umarmte sie fest und küsste sie. Sie war so glücklich und so verliebt - warum konnte Selene die Grube in ihrem Magen nicht loslassen? Was genau war das Problem?

Am nächsten Tag kam Selene ein wenig früher von der Arbeit nach Hause. Sie öffnete die Tür und ging hinein, und es war erstaunlich ruhig. Normalerweise spielte Damien gerade "Call of Duty", aber stattdessen herrschte Stille. Sie wollte seinen Namen rufen und ihn fragen, wo er war, aber sie entschied sich dagegen.

Sie ging die Treppe hinauf, wo sie seltsame Geräusche aus dem... Privatraum hörte? Waren das... Schreie? Sie war sich nicht sicher. Selene hatte das Zimmer noch nie von innen gesehen, also konnte sie es nicht wissen, aber es klang wie Schreie. Sah er sich einen Film an? Das Geräusch war nicht laut, aber sie konnte es trotzdem hören. Was zum Teufel geht da drinnen vor?

"Was zum Teufel?", murmelte sie, ihre Neugier war geweckt. Einen Moment lang dachte Selene darüber nach, die Tür einfach aufzubrechen und die Tatsache, dass sie Schreie gehört hatte, als Ausrede zu benutzen.

"Er ist nicht so dumm, dass er nicht wüsste, was ich mache", sagte sie in der Annahme, dass die Tür verschlossen war.

Außerdem wollte er ihr in ein paar Tagen zeigen, was dort drin war - warum konnte sie nicht warten?

"Damien?" sagte Selene.

Das Geschrei hörte sofort auf.

"Bist du da? Ich bin früher von der Arbeit nach Hause gekommen. Ich dachte, du würdest jetzt gerade deine Videospiele spielen."

"Hey, willkommen!", sagte er von drinnen, ohne die Tür zu öffnen. Das ließ Selene vorsichtig werden.

"Was war das für ein Geschrei, das ich gehört habe?"

"Ich schaue mir ein Vorsprechen für eine Rolle an. Ich erzähle dir später davon. Ich habe versucht, mich in die Gedanken einer Frau in Angst hineinzuversetzen, weil ich das ausnutzen wollte." Das klang normal, um ehrlich zu sein. Sie hatte schon von Künstlern gehört, die noch seltsamere Dinge taten, um "in die Gänge" zu kommen.

"Okay, Schatz, ich ziehe mich um", aber selbst als sie sich entkleidete, fühlte sich etwas komisch an. War da eine Frau drin? Es war zweifelhaft, aber Selene hatte die Tendenz, unsicher zu sein, und das nagte an ihr. Konnte sie noch ein paar Tage warten, um zu erfahren, was in diesem verdammten Raum vor sich ging?

ES WAR DER TAG, AN dem Craig, Marcus und Daniel zu Besuch kommen sollten. Selene dachte, dass Damien aufgeregter sein würde, aber er konzentrierte sich auf sein Handy.

"Warum bist du so auf dein Handy fixiert?", fragte sie mit einem Stirnrunzeln.

Damien lächelte. "Ich chatte auf Facebook."

"Und? Solltest du dich nicht eher freuen, dass sie kommen?"

"Das bin ich. Was glaubst du, mit wem ich gechattet habe?"

"Oh, das macht Sinn. Wie auch immer, ich werde etwas zu essen für sie vorbereiten."

"Keine Sorge, ich schaffe das schon. Aber du musst für mich zum Laden gehen, um ein paar zusätzliche Snacks und so zu besorgen."

"Sicher." Er reichte ihr seine Kreditkarte, und sie ging in den Laden. Es war ein Samstag, also musste sie nicht zur Arbeit gehen. Als Selene zurückkam, waren alle seine Freunde im Haus.

"Seleeeene!" sagte Craig, Damiens wilder vierunddreißigjähriger lebenslanger Freund. Er rannte zu ihr und umarmte sie fest. Von allen Freunden Damiens stand sie ihm am nächsten, und sie verstanden sich sehr gut. "Es tut mir leid, dass wir kommen und euch so stören."

"Ach, komm schon, ist schon gut. Ihr kennt euch doch schon ewig", antwortete sie mit einem Lächeln.

Der Rest des Tages war mit lustigen Aktivitäten für die Jungs unten im Keller ausgefüllt, während Selene im Wohnzimmer ihr eigenes Ding machte. Ein paar Stunden nach ihrer Ankunft, gegen sieben Uhr, hörte Selene, wie jemand aus dem Keller kam. Sie drehte sich um und sah Damien, der gestresst und müde aussah. "Du siehst aus, als hättest du Gewichte gestemmt oder so."

"Ich hätte es genauso gut tun können", sagte er mit einem schwachen Lächeln. "Diese Jungs haben zu viel Energie für mich."

"Ich komme später runter, um nach euch zu sehen."

"Nicht nötig. Sie schlafen alle schon tief und fest", informierte er. "Anscheinend hatte Marcus gestern Abend einen großen Streit mit seiner Frau, der bis in den frühen Morgen andauerte."

"Ich hoffe aber, dass ihnen das Essen, das du für sie gekocht hast, geschmeckt hat."

Er wandte seinen Blick von ihr ab.

Selene runzelte verwirrt die Stirn.

"Ja, es hat ihnen geschmeckt", antwortete er und ging die Treppe hinauf. "Wie auch immer, ich muss jetzt etwas Energie tanken. Ich werde duschen und dann in den Privatraum gehen, um ein wenig zu zeichnen."

"Okay." Selene wusste, dass etwas nicht stimmte. Er hatte sich seltsam verhalten, und die Erwähnung des Privatzimmers machte sie immer vorsichtig, neugierig und unsicher.

Nachdem sie ein paar Sekunden gesessen hatte, entschied sich Selene. Sie stand auf und ging auf Zehenspitzen in ihr Schlafzimmer.

Damien war gerade unter die Dusche gegangen, und sie sah, dass sein Telefon noch immer nicht gesperrt war. Damien war ein Privatmann und hatte ihr nie sein Passwort mitgeteilt. Diesmal gelang es Selene jedoch, auf das Smartphone zu tippen, bevor es sich ausschaltete, und so konnte sie seine SMS sehen.

Die erste, die auftauchte, lautete: "Sorge dafür, dass du heute Abend das Opfer bringst".

Moment... was? war der erste Gedanke, der ihr durch den Kopf ging. Was für ein Opfer? War das eine Art Insider-Witz? Sie wollte ihn gerade fragen, als ihr Blick zum Anfang der Chatgruppe wanderte. Die Überschrift der Gruppe lautete: "Der Kult des Diabolus".

"Was zum Teufel ist das?" flüsterte Selene, während sie daran dachte, dass ihr Freund nur wenige Meter von ihr entfernt duschte. Sie las die restlichen Nachrichten und war schockiert. Soweit sie sehen konnte, war es ein legitimer Aufruf, Menschen zu töten. Das Opfer sollte ein Massaker an mehreren Menschen für "Diabolus" sein, was auch immer das bedeuten mochte.

Ein Teil von Selene wollte es als nichts abtun, aber sie las weiter und scrollte nach oben, um die Details des Plans zu sehen. Es war klar: Der Auserwählte sollte vier Menschen holen und sie in einem blutigen, rituellen Massaker opfern, um der Gottheit, die sie Diabolus nannten, ein ehrenvolles Opfer zu bringen.

"Warte ..." In diesem Moment fiel es ihr auf. In diesem Moment waren sie zu viert im Haus. War es an diesem Tag passiert? Was war in dem Privatzimmer? Wer hatte vorhin geschrien? Sie legte das Telefon genau dorthin zurück, wo sie es gefunden hatte, öffnete die Facebook-Gruppe, verließ das Haus und ging direkt in den Keller.

Selene öffnete die Tür und ging hinein. Das unheilvolle Gefühl der Stille, das den Keller umgab, als sie hinunterging, jagte ihr einen Schauer über den Rücken. Warum hatte sie dieses Gefühl? Wahrscheinlich wegen ihrer neuen Enthüllungen. Ein Teil von ihr wollte immer noch glauben, dass es sich um ein großes, krankes Missverständnis handelte, aber Selene wusste, dass sie ein Narr sein musste, um die Zeichen zu ignorieren.

Sie schluckte ihren Speichel hinunter. Ihre Atmung war unregelmäßig. Sie erreichte das untere Ende der Treppe und sah alle Freunde von Damien schlafen. Hatten sie geschlafen oder waren sie tot? Die Gruppe hatte gesagt, dass es eine Art Ritual geben musste, also konnten sie noch nicht tot sein, aber für sie war das alles nur Spekulation.

Selene seufzte, sammelte ihre Gedanken und nahm ihren Mut zusammen, bevor sie zu Craig hinüberging, der dort lag.

Seine Augen waren seltsamerweise offen, und er konnte sie bewegen, aber sein Körper war still.

"Craig?" Sie war verwirrt - war er gelähmt?

"Ihm geht es gut", sagte die allzu vertraute Stimme, die sie als die ihres Freundes kannte, hinter ihr.

Schrecken durchfuhr ihren Körper, und sie hatte Mühe, sich zu beruhigen. Selene wusste, wenn sie ihn erschrocken ansah, war sie erledigt.

Drei gelähmte Körper und eine Frau, die ein potenzielles Opfer war, befanden sich alle im selben Raum wie ihr Angreifer - es war ein Worst-Case-Szenario.

WIE IMMER, WENN SIE nervös war und ruhig bleiben wollte, holte Selene tief Luft und stopfte ihre Angst in sich hinein, bevor sie sich ihm zuwandte. "Hey, geht es ihm gut?" fragte Selene. Sie musste klug sein. Wenn sie nicht fragte, warum ihre Augen so aussahen, würde das Damien nur noch misstrauischer gegenüber ihrem Handeln machen. "Er sieht ein bisschen komisch aus."

"Sie haben nur ein bisschen zu viel getrunken", sagte Damien lächelnd. "Jetzt, wo du hier bist, warum schauen wir uns nicht einen Film an? Ich bringe dir etwas von der Pasta, die ich gemacht habe."

"Okay, sicher." Selene wusste nicht, wie sie sich aus ihrer Situation befreien konnte. Sie wusste jedoch, dass sie ihn dazu bringen musste, zu gehen, und das war der schnellste Weg.

"In Ordnung. Gut. Ich bin gleich wieder da." Er ging. Das war es, was sie gewollt hatte. Selene ging zu Craig. Sie nahm ihr

Telefon heraus, um den Notruf zu wählen, aber sie wollte absolut sicher sein, dass tatsächlich ein Verbrechen begangen wurde.

"Craig, ich werde deine Hilfe brauchen, okay?" sagte Selene zu ihm. "Wurdest du von Damien unter Drogen gesetzt oder nicht? Wenn ja, schau nach links. Wenn nicht, schau nach rechts."

Der Mann schaute schnell nach links. Das war alles, was sie brauchte. Selene wählte schnell den Notruf.

"Hallo, 911. Was ist Ihr Notfall?"

"Mein Freund versucht, mich und drei andere zu töten. Bitte kommen Sie schnell", sagte sie so kühn, wie sie konnte, ohne zu laut zu sein.

"Wo sind Sie gerade, Ma'am?"

"Vierundzwanzig Newport Avenue. Bitte kommen Sie..." Sie bemerkte, wie Craig den Blick hob, als wolle er ihr etwas sagen, aber bevor sie mit ihrem Anruf fertig war, wurde ihr das Telefon aus der Hand gerissen.

Selene schrie auf und drehte sich um, um einen Schlag mit der Rückhand in ihr Gesicht zu bekommen. Sie taumelte rückwärts und fiel zu Boden. Sie war sich nicht sicher, ob die Polizei ihre Adresse bekommen hatte oder nicht, was nicht gut war.

"Dumme Schlampe", sagte Damien. Die Ader in der Mitte seiner Stirn trat hervor, und er sah sie böse an. Selene hatte diese Seite an ihm noch nie gesehen. War das der Mann, mit dem sie die ganze Zeit gelebt hatte?

"Du versuchst, mir mein Opfer zu verderben. Weißt du, wie lange ich darauf gewartet habe, dies zu tun?

"Warum tust du das?"

"Weißt du was? Ich bin neugierig."

"Wie hast du das herausgefunden? Ganz im Ernst." Er schien wirklich neugierig zu sein, und Selene war der Meinung, dass es für sie von Vorteil wäre, etwas Zeit zu schinden. Vielleicht würde die Lähmung nachlassen, und sie könnten es gemeinsam mit ihm aufnehmen, auch wenn die Jungs in ihrem jetzigen Zustand viel schwächer sein würden.

"War das der Grund, warum du immer wieder nach dem Privatzimmer gefragt hast?"

Da wurde ihr klar, dass der private Raum ein Kultschrein oder ein Ort war, der mit seinem Kult in Verbindung stand. Was zum Teufel war in diesem Raum? Das wollte sie nun wirklich nicht wissen.

"Antworte mir, Schlampe!"

Selene war von seinem Geschrei aufgewühlt. "Ich habe es erst heute erfahren, als du unter die Dusche gegangen bist. Dein Telefon war noch an, also habe ich nachgeschaut."

Er gluckste, als wäre er beeindruckt. "Nicht schlecht."

"Warum bist du in einer Sekte? Warum versuchst du, deine besten Freunde und mich, deine Freundin, zu töten?"

"Weil man die aufgeben muss, die man am meisten liebt, um wirklich in die Arme von Diabolus überzugehen", antwortete Damien. Sein Gesichtsausdruck sagte Selene alles, was sie wissen musste - er war ein Verrückter, der starke Überzeugungen hatte. Soziopathen mit Überzeugungen waren die unheimlichsten Typen.

"Du bist verrückt", sagte sie. Das schien einen Nerv bei ihm zu treffen.

"Verrückt? Weil du daran glaubst?" Er zog sie an den Haaren und zog sie mit sich, als er die Treppe hinaufging. "Ich werde dir zeigen, dass du verrückt bist! Willst du das Privatzimmer so dringend sehen? Ich zeige es dir."

Damien zerrte sie die Treppe hinauf in das Privatzimmer, wobei Selene bei jedem Schritt schrie und trat.

Als sie drinnen war, bot sich ihr ein Bild des Grauens. Es gab Menschenhäute und auch Tierhäute. Der Raum war rot gefärbt und an allen Wänden waren seltsame Symbole in schwarzer Farbe aufgemalt. Es gab einen Fernseher und ein seltsames, großes Pentagramm auf dem Boden. Sogar die Leuchtstoffröhren waren rot. Sie bemerkte auch einige Seile und nahm an, dass sie dazu gedacht waren, seine Opfer zu fesseln.

"Bitte, du musst..." Ein vernichtender Schlag traf sie auf die Nase, der sie verwirrte, zu Boden schickte und sie fast bewusstlos machte. Selene konnte danach nur noch bruchstückhaft sehen und hören, aber als Damien die drei anderen Personen in den Raum gebracht hatte, war ihr Verstand wieder klar wie der Tag.

Selene hatte ein Taschenmesser genommen, das neben Craig lag, als sie im Keller war, und jetzt stellte sie sich tot, oder in diesem Fall bewusstlos.

Damien brachte jeden Einzelnen auf eine andere Seite des Pentagramms, mit Ausnahme von Selene. Er schien nicht allzu besorgt um sie zu sein, da sie eine Frau war und keine Waffe trug.

Nun, damit lag er falsch.

"Aktar luvre, nessus ..." rief Damien in irgendeiner Sprache oder teuflischen Zunge, die sie nicht verstand, während er sich auf sie zubewegte. Er hielt an, um sein Telefon zu überprüfen - wahrscheinlich die Facebook-Gruppe - und sie sah ihre Chance.

Selene sprang auf und stach ihm in den Oberkörper, woraufhin Damien vor Schmerz aufstöhnte. Sie zog das Messer heraus und versuchte erneut zuzustechen, aber er schlug ihr ins

Genick. Die arme Frau hustete heftig und umklammerte ihren Hals, während sie sich nach hinten bewegte.

Das Messer fiel zu Boden, und Damien war gezwungen, auf die Knie zu gehen. "Warum kannst du nicht ... warum kannst du es nicht verstehen?", schrie er sie an. Hielt er sich hier ernsthaft für den Guten? Sie konnte es nicht glauben.

Marcus gelang es, Damien von hinten anzuspringen. Das Lähmungsmedikament hatte nachgelassen, aber er war immer noch schwach. Marcus versuchte, seine Finger tief in Damiens Auge zu stoßen.

"Aaaarrrgh!" schrie Damien, als er versuchte, seinen Angreifer davon abzuhalten, noch weiter zu gehen. Er tastete sich zu dem Messer vor, griff es und stach Marcus ins Auge.

"Oh, mein Gott", schaffte es Selene zwischen ihren Hustenanfällen zu sagen. Er hatte ihn gerade umgebracht!

Damien schleppte zuerst Marcus' leblosen Körper an seinen ursprünglichen Platz auf dem Pentagramm. Für ihn schien das ein wichtiger Teil des Rituals zu sein, sonst wäre er einfach hinter ihr her gewesen.

"Dumme, undankbare Arschlöcher", sagte er und wandte seine Aufmerksamkeit endlich ihr zu.

"Verzeih uns, dass wir dir nicht dafür danken, dass du uns getötet hast", erwiderte sie.

Gerade als er auf sie zustürmen wollte, packten die beiden anderen Männer jeweils eines seiner Beine. In diesem Sekundenbruchteil rannte Selene auf ihn zu und stieß ihn zu Boden. Sie stieß ihre Finger in seine frühere Verletzung, woraufhin Damien vor Schmerz aufschrie.

Daniel hielt die Hand fest, die das Messer hielt, während Craig seine andere Hand hielt.

SCHRECKEN DER NACHT 1: UNHEIMLICH IRR MYSTERIÖS - EDLE HORROR KURZGESCHICHTEN

Selenes Hals war verletzt, und ihre Nase war gebrochen und blutete, aber all das spielte keine Rolle, solange sie beendete, was Marcus zu tun versuchte.

Damien wollte das Messer nicht loslassen, egal was geschah, und die anderen waren schwach, also tat sie das Erste, was ihr einfiel.

"Iss das", sagte Selene und blickte in die verzweifelten Augen ihres Geliebten, bevor sie ihre Daumen in sie hineinsteckte. In Anbetracht dessen, was an diesem Tag geschehen war, wäre es vielleicht angemessener, ihn ihren Ex-Liebhaber zu nennen. Sie genoss seine Schreie und sein Wimmern, als sie ihre Hände tief in seine Augenhöhlen bohrte. Das Blut spritzte heraus wie Wasser aus einem Schlauch. Etwas davon spritzte auf ihr Gesicht, aber das war ihr egal. Ihre Finger bohrten sich in seine Augen, auch als er aufhörte zu schreien, und sie starrte in das entsetzliche Gesicht des Mannes, den sie in den letzten zwei Jahren geliebt hatte.

Als die Polizei einige Minuten später eintraf, bot sich ihr ein blutiger und unvorstellbarer Anblick. Ihnen wurde alles erklärt, und die restlichen Details wurden von Damiens Telefon entnommen, nachdem es gehackt worden war.

In diesem Moment, als sie seinen toten Körper betrachtete, in dem ihre Hände noch immer steckten, fragte sich Selene, wie es so weit hatte kommen können. Sie wusste natürlich, wie, aber trotzdem... was zum Teufel war mit der Welt los? Welche anderen Geheimnisse und teuflischen Geschehnisse lauerten in den dunklen Spalten der Gesellschaft? Was war die dunkle Seite?

(Inspiriert von einer wahren Geschichte, die sich vor einigen Jahren in den USA zugetragen hat).

TOM COLEMAN

DER FLUCH DER HERNANDEZ

KAPITEL EINS:
Willkommen, Herr und Frau Hernandez

Carlos und Christina Hernandez waren glücklich. Als sie zu ihrem neu erworbenen Haus fuhren, drückte Christina die Hand ihres Geliebten.

Carlos lächelte. Das war das Leben, von dem er seit Jahren geträumt hatte, schon seit er ein Kind war. Jetzt, im Alter von dreißig Jahren, mit der Frau seiner Träume an seiner Seite, war Carlos glücklich, dass er es verwirklicht sehen würde. Er wünschte sich nur, *sie* wäre dabei.

"Was ist los, Babe?" sagte Christina und bemerkte den veränderten Gesichtsausdruck ihres Mannes.

"Es ist nur... ich wünschte, *sie* wäre hier, um diesen Moment mit uns zu teilen."

Christina verstand, dass dies ein wunder Punkt für Carlos war. "Ich verstehe, mein Schatz", sagte Christina und streichelte seine Hand. "Ich bin sicher, dass sie mit einem Lächeln vom Himmel auf uns herabschaut. Sie freut sich für uns."

"Ja, das hoffe ich."

Sie fuhren eine Weile, bevor sie an ihrem Traumhaus ankamen, einem Vier-Zimmer-Haus in einer abgelegenen Gegend von El Paso. Carlos konnte immer noch nicht glauben, dass er so weit gekommen war, wenn man bedenkt, wo er angefangen hatte. Er wusste, wie hart er sich aus seiner bescheidenen Erziehung herausgekämpft hatte, um dorthin zu gelangen, wo er jetzt war.

Sie stiegen aus dem Auto aus, um sich umzusehen. Carlos hatte sich noch nie um Nachbarn gekümmert, aber der einzige

Grund, warum er anfangs skeptisch war, waren die Abstände zwischen den Häusern. Man hatte ihm gesagt, dass die Gegend noch nicht erschlossen und deshalb billiger sei. Die Gegend würde bald von Nachbarn überrannt werden, die ihre eigenen Häuser bauten, und so konnte er ein Schnäppchen machen.

Als er nun die Bäume, Büsche und Sträucher um sich herum betrachtete, fühlte sich der junge Mann unwohl. Der Ort hatte etwas Bedrohliches an sich, aber er konnte es nicht genau zuordnen. Wahrscheinlich war er einfach nur paranoid. Viel wichtiger war jedoch, dass Christina diesen Ort liebte.

Er drehte sich um und sah seine Frau lächelnd in die Runde blicken. Sie war glücklich, und wenn sie glücklich war, war er es auch.

"Das ist großartig", sagte sie. Sie ging zu ihm hinüber und küsste ihn. Christina hatte keine so schwere Kindheit wie Carlos, aber sie hatte viele Fehler gemacht, die sie immer noch verfolgten. Aber wenn jemand wie sie die Liebe finden konnte, konnte das jeder. Nach ihrer Teenagerzeit hatte sie ihr Leben umgekrempelt und war jetzt eine frisch verheiratete Sechsundzwanzigjährige, die eine glänzende Zukunft vor sich hatte. Als Nächstes würden sie Kinder bekommen, und deshalb hatten sie die Vier-Zimmer-Wohnung gekauft.

"Lass uns in unser *Haus gehen*", sagte er, und sie lächelte.

Carlos spürte etwas in seinem Nacken, als er davonlief. Es fühlte sich an, als ob ein Nagel oder etwas Scharfes langsam in sein Fleisch gestoßen worden wäre. Er drehte sich schnell um, aber er sah niemanden.

"Was ist los? Geht es dir gut?"

"Ja", antwortete er, obwohl es selbst in seinen Ohren nicht überzeugend klang.

Sie gingen in das Haus. Das Licht war aus. Carlos hätte schwören können, dass er die Silhouette eines großen Mannes am Ende des Eingangs stehen sah, als sie die Tür öffneten und das Licht von draußen kurzzeitig die Dunkelheit des Hauses durchbrochen hatte. Er blinzelte; da war keine solche Gestalt.

Er schaltete das Licht an, und das Haus sah wie erwartet wunderschön aus.

"Sieht so aus, als hätte die Umzugsfirma schon ein paar andere Sachen mitgebracht", überlegte Christina und bemerkte die Couch, die sie in ihrer vorherigen Wohnung gehabt hatten. "Schauen wir uns um."

"Wir haben uns schon umgesehen, als wir das Haus begutachtet haben, Christina", sagte er, aber er folgte ihr trotzdem. Christina war ein Energiebündel, und das war eines der Dinge, die er absolut an ihr liebte.

Sie besuchten alle Bereiche im Erdgeschoss: die Küche, den Essbereich, das Wohnzimmer, den Vorratsraum und das Gästezimmer.

"Lass uns nach oben gehen", sagte Christina und zerrte ihn erneut zur Treppe.

Carlos fragte sich, wie sie nach dem Herumrennen noch so viel Energie hatte, als sie die Treppe hinauf und den dunklen Flur hinuntergingen.

"Wo war noch mal der Schalter?" erkundigte sich Carlos. Keiner von ihnen konnte sich erinnern. Am Ende des Flurs gab es jedoch ein Fenster, durch das etwas Licht fiel, so dass sie sehen konnten, wohin sie gingen. Der Korridor hatte vier Türen und eine Dachbodentür an der Decke. Eine Tür, die letzte auf der linken Seite, führte in das Hauptschlafzimmer. Gegenüber befand sich das Badezimmer. Die beiden Türen, die näher an der Treppe lagen, waren die anderen Schlafzimmer.

Christina öffnete eine der Schlafzimmertüren, und Carlos spürte, dass von dem Raum intensive Schwingungen ausgingen. Mit Ausnahme des Hauptschlafzimmers waren keine neuen Möbel hinzugefügt oder entfernt worden, aber er sah eine Puppe in der Mitte des Raumes, nachdem Christina die Tür geöffnet hatte. Sie hatte Knöpfe als Augen und ein aufgenähtes Lächeln.

"Na, das ist ja gruselig", bemerkte Christina. Sie ging, um die Puppe aufzuheben. Carlos war ein paranoider Mensch - das musste man sein, um die von Drogen und Tod geprägte Kindheit zu überleben, in der er aufgewachsen war -, aber er war nicht abergläubisch. Trotzdem sah die Puppe sehr gruselig aus.

"Willkommen", flüsterte es hinter ihm. Einen Augenblick später drehte er sich um, sah aber nichts.

"Mein Verstand spielt mir heute wohl einen Streich", murmelte Carlos.

"Hast du etwas gesagt?"

"Nein, mach dir keine Sorgen, Liebling." Er wollte sie nicht erschrecken. Als Mann des Hauses war es Carlos' Aufgabe, dafür zu sorgen, dass sich seine Braut sicher fühlte. Wenn er sich fürchtete, würde sie sich auch fürchten. Er musste die wachsende Grube in seinem Magen unterdrücken und froh sein, dass sie das Haus bekommen hatten.

Sie gingen in das Zimmer gegenüber von dem, das sie gerade verlassen hatten. Diesmal öffnete Carlos die Tür, und in dem Moment, in dem er es tat, überkam ihn ein Gefühl der Erleichterung. Das Zimmer sah wirklich schön aus. Es fühlte sich einfach... frisch an. "Ich mag dieses Zimmer."

"Toll", antwortete Christina. Sie klang glücklich, dass er etwas von der Tour hatte.

Sie sahen sich auch das Badezimmer an, bevor sie in das Schlafzimmer gingen. Es war ein schöner, großer Raum. Alle Möbel waren so aufgestellt worden, wie sie es wollten, genau wie sie es dem Umzugsunternehmen aufgetragen hatten. Carlos hörte Schritte. Um Christina nicht zu alarmieren, ging er zurück in den Flur, aber er sah nichts. Was zum Teufel war hier los?

Christina schien das alles nicht zu stören. Sie zog ihre Schuhe aus und sprang auf das Bett. Sie so glücklich zu sehen, nahm Carlos jede Angst, die er gehabt haben könnte. "Komm, Schatz", winkte sie ihrem Mann zu. Er ging zu ihr, und sie küssten sich leidenschaftlich.

"Warum feiern wir diesen Anlass nicht richtig?", säuselte sie. Er wusste genau, was sie gemeint hatte, und küsste sie noch mehr. Sie hatten die nächsten zwei Stunden lang Sex. Carlos war so glücklich. Er fühlte sich so glücklich, Christina zu haben, und er wusste, dass sie das Gleiche fühlte.

Später am Abend beschloss Carlos, auf dem Dachboden nachzusehen, während seine Frau das Abendessen zubereitete.

"Okay, Schatz. Sei vorsichtig", sagte sie, und er nickte. "Da fällt mir ein, dass wir den Dachboden nie überprüft haben, als wir das Haus erkundet haben."

"Ja, deshalb bin ich ja neugierig."

"Sicher. Das Essen ist bald fertig, also lass dir nicht zu viel Zeit."

"Alles klar, Baby." Er küsste sie auf den Hinterkopf, eine Geste, die sie sehr liebte.

Carlos war groß genug, um nach der Decke zu greifen und den Dachboden zu öffnen. Kaum hatte er die Falltür geöffnet, kam eine Leiter herunter und traf ihn fast am Auge. Carlos konnte zwar ausweichen, aber er fiel zu Boden.

"Ist alles in Ordnung?", hörte er seine Frau von unten rufen.

"Ja, nur die Leiter ist umgefallen", rief er zurück.

"In Ordnung."

Carlos versuchte, es herunterzuspielen, aber es war knapp gewesen. Sollten Leitern von Dachböden abrupt herunterfallen? Er hatte noch nie einen Dachboden in seinem Haus gehabt, aber trotzdem war es sehr überraschend gewesen.

Er kletterte die Leiter hinauf und steckte seinen Kopf hinein, um zu sehen, wie es dort aussah. Es war stockdunkel, und ein Teil von ihm wünschte sich, er hätte sich entschlossen, es bei Tag zu überprüfen. Moment, wie konnte es stockdunkel sein, wenn das Licht von unten in den Raum hätte dringen müssen? Er schaute nach unten und sah, dass die Glühbirne noch funktionierte. Warum war kein Licht aus der Glühbirne in den Bereich gedrungen? Lag es an ihm? Hatte er so wenig Ahnung von Physik oder vom Raum?

Carlos hörte Schritte auf dem Dachboden und sah sich schnell um. Sollte es auf dem Dachboden nicht ein Fenster geben? Er konnte nichts sehen.

"Ist jemand hier?" Er konnte nicht glauben, dass er überhaupt daran gedacht hatte, das zu fragen, aber die Situation fühlte sich, gelinde gesagt, seltsam an. Seit er und seine Frau hier angekommen waren, geschahen seltsame Dinge in dem Haus, und es war noch nicht einmal ein ganzer Tag vergangen.

Reiß dich zusammen, sagte er sich. Du hast schon viel Schlimmeres durchgemacht. Hör auf, dich wie eine kleine Memme zu benehmen. Carlos kletterte auf den Dachboden. Er wusste, dass es irgendwo ein Fenster geben musste, also versuchte er, sich vorzutasten.

Er konnte einige seltsame Geräusche hören, aber sie waren schwach. Wahrscheinlich spielte ihm sein Verstand wieder einen Streich. Carlos tastete die Wände des Dachbodens ab, um das Fenster zu finden. Wenn er Recht hatte, war das Fenster wahrscheinlich mit Papier oder Stoff bedeckt. Während er die Wände abtastete, fühlten Carlos' Hände etwas Seltsames. Er hätte schwören können, dass er etwas berührte, das sich wie Sand anfühlte, aber als er zu der Stelle zurückging, fühlte er nichts als Holz. Er spürte auch etwas Scharfes. Er konnte es kaum erwarten, Licht zu machen, um zu sehen, was da war.

Schließlich fand Carlos das Fenster, das mit einem Tuch bedeckt war. Er versuchte, den Stoff abzuziehen, musste aber feststellen, dass er um das Fenster herum genagelt worden war, um es zu verdecken. Warum zum Teufel haben sich die Vorbesitzer des Hauses so viel Mühe gegeben, das Fenster abzudecken?

Nach langem Ziehen und Zerren riss Carlos schließlich das Stück Stoff herunter, doch gleich darauf sah er ein groteskes, grässliches Gesicht mit offenem Mund, das sich auf der Oberfläche des Fensters spiegelte.

"Was zum Teufel?" Er taumelte zurück. Seine Beine stolperten über etwas, und er fiel zu Boden. Carlos richtete sich schnell wieder auf und sah sich um. Am Fenster war nichts zu sehen, aber das Licht des Mondes brach sich durch das Glas und fiel auf den Dachboden. Durch das einfallende Licht konnte Carlos den Raum und seinen Inhalt besser erkennen.

Es war... leer?

Moment.

Wie?

Wie zum Teufel konnte dieser Raum leer sein? Er hätte schwören können, dass er etwas von dem Inhalt gespürt hatte, als er den Raum durchsucht hatte. Was war hier los?"

In diesem Moment bemerkte Carlos einen Koffer in der Mitte des Raumes. "Das ist es, worüber ich gestolpert bin?" Er betrachtete den Koffer für ein paar Sekunden. Carlos versuchte, ihn zu öffnen; er war nicht verschlossen. Darin befanden sich Dinge, die geschäftsmäßig aussahen. Er konnte es nicht genau sehen, also beschloss er, den Koffer mit nach unten zu nehmen.

CHRISTINA SUMMTE VOR sich hin, als sie den Tisch deckte, glücklich, in ihrem neuen Traumhaus zu sein. Sie war ihrer Familie in letzter Zeit nicht sehr nahe gekommen, aber sie war trotzdem froh, eine eigene Familie zu haben. Sie hörte ein Kichern und drehte sich schnell um, wobei sie verwundert das Gesicht verzog, als sie sah, dass niemand hinter ihr stand.

"Carlos, bist du das?", fragte sie, doch es kam keine Antwort.

Sie fuhr mit ihrer Arbeit fort, als das Licht zu flackern begann. "Und man hat mir gesagt, alles sei in bester Ordnung", bemerkte sie und sah enttäuscht zu der flackernden Glühbirne auf. Christina beschloss, es zu ignorieren und mit dem weiterzumachen, was sie bisher getan hatte... bis sie wieder das gleiche seltsame Kichern hörte. Es hörte sich an wie ein kleines Mädchen, aber Christina wusste, dass das unmöglich war.

"Hey, Babe!", hörte sie die vertraute Stimme ihres Mannes, als er die Küche betrat.

"Ich bin hier drüben. Im Esszimmer."

"Schau, was ich gefunden habe", sagte er und ließ den Koffer auf den Tisch fallen.

"Hast du jemanden kichern hören?", fragte sie.

"Was?" Carlos war verwirrt.

"Ich könnte schwören, dass ich ein Mädchen kichern gehört habe."

Carlos' Reaktion änderte sich sofort, als sie das sagte, was sie misstrauisch werden ließ. Seine Augen weiteten sich und er klappte den Kiefer zusammen, ein typisches Zeichen dafür, dass er etwas verheimlichte. "Was ist?"

"Was ist was?"

"Du hast diesen Blick, den du immer hast, wenn du etwas verheimlichst."

"Ich weiß nicht, wovon du sprichst", lenkte Carlos ab. "Lass uns darüber reden." Er öffnete den Koffer und brachte einige Papiere zum Vorschein.

"Was ist das?" fragte Christina und betrachtete sie. "Die sehen aus wie Bankunterlagen oder so."

"Ja, und einige andere banale Dinge. Es ist in einer Sprache geschrieben, die ich nicht verstehe. Ich kann nicht einmal die Buchstaben erkennen", fügte Carlos hinzu und sah ebenfalls die Papiere durch.

"Das ist seltsam", sagte Christina.

"Was?"

"Unser Name steht hier."

"Hm?"

"Ja. Sieh es dir an." Christina gab ihrem Mann das Blatt Papier, damit er es sich selbst ansehen konnte.

Carlos war verwirrt, als er ihre Namen in perfektem Englisch las. "Warum zum Teufel schreibt jemand alles andere in einer seltsamen Sprache, aber unsere Namen auf Englisch?"

"Wahrscheinlich, weil es in der Sprache keine Entsprechung für Hernandez gibt", sagte Christina und klang dabei lässig. "Denk nicht zu viel darüber nach."

Es war allerdings sein Job, über solche Dinge nachzudenken. Er war in einem Umfeld aufgewachsen, in dem Paranoia gefördert wurde, und es war schwer, damit plötzlich aufzuhören.

"Verbrenn es einfach oder wirf es morgen weg, Schatz. Lass uns essen."

"Okay", sagte er, obwohl er selbst für sich selbst nicht überzeugend klang. Er packte alle Papiere zurück in den Koffer und stellte ihn zur Seite.

Sie setzten sich, nachdem Christina das Essen gebracht hatte, und stießen auf ihr neues Zuhause an.

"Unsere erste Mahlzeit in unserem neuen Zuhause", sagte Carlos und hob sein Glas Champagner.

"Möge es das erste von vielen sein", antwortete Christina mit einem Lächeln, bevor sie die Gläser klirrten.

Carlos war glücklich, mit der Frau zusammen zu sein, die er liebte - warum war er so zurückhaltend?

Am nächsten Morgen wachte Carlos früh auf, um den Koffer wegzuwerfen. Normalerweise stand er früh auf, weil er arbeiten musste. Christina war Schriftstellerin, arbeitete also von zu Hause aus und brauchte nicht so früh aufzustehen. Er wollte sie nicht wecken, also beschloss er, es selbst zu tun. Der Immobilienmakler hatte ihm mitgeteilt, dass die Müllabfuhr einmal in der Woche käme und alles in den großen Müllraum gegenüber seinem Haus entsorgt werden sollte.

In dem Moment, als Carlos das Haus verlassen hatte, spürte er fast, wie etwas durch ihn hindurchging - war es eine außerkörperliche Erfahrung gewesen?

Er ließ den Koffer fallen und begann zu keuchen. "Was zum Teufel geschieht mit mir?", fragte er sich. Carlos kam schnell zu dem Schluss, dass er den Koffer loswerden und mit dem Dachboden und all den alten Dingen, die noch im Haus waren, fertig werden musste.

"Das ist mein Haus! Das ist mein Haus! Das ist mein Haus!", dachte er, während er nach draußen stapfte. Als er endlich den Müll erreicht und den Koffer hineingeworfen hatte, schien das nicht genug zu sein, also ging er wieder hinein, holte eine Schachtel Streichhölzer heraus und holte den Benzinkanister aus dem Auto.

Carlos ging zurück zum Müll, wütend auf den Koffer, aber ohne zu wissen, warum. Er besprühte den Koffer mit dem Benzin, zündete das Streichholz an und ließ es auf den Koffer fallen, bevor er wegging.

"Genug von dieser seltsamen Scheiße", sagte Carlos Hernandez mit Nachdruck.

Er ahnte nicht, dass dies der Katalysator für die kommenden Schrecken sein würde.

KAPITEL ZWEI
Dissonanz

CHRISTINAS AUGEN FLATTERTEN auf. Sie wusste, dass Carlos höchstwahrscheinlich schon zur Arbeit gegangen war; sie hatte ihm am Abend zuvor sein Mittagessen zubereitet, wie sie es immer tat. Sie überprüfte die Uhrzeit auf ihrem Handy: Es war 8:30 Uhr. Das bedeutete, dass Carlos noch nicht lange weg war. Jetzt war es Zeit für sie, an die Arbeit zu gehen.

"Ich rufe ihn später an", überlegte sie, stand vom Bett auf und ging ins Bad.

"Frei", flüsterte ihr etwas zu, als sie die Badezimmertür öffnete und ihr ein Schauer über den Rücken lief. Christina schaute nicht zurück, denn sie fürchtete, was sie dort finden könnte.

"Freiiii", flüsterte die Stimme des kleinen Mädchens wieder in ihr Ohr. Diesmal drehte Christina ihren Kopf herum und sah niemanden.

"Was geschieht mit mir?", fragte sie sich.

Als sie ins Bad ging, blickte sie in den Spiegel und dachte über die Stimme nach, die sie in ihrem Kopf gehört hatte. Was war sie gewesen? Was hatte sie bedeutet? Wer war dieses Mädchen?

Ihre Gedanken schweiften in ihre Vergangenheit. Die Stimme des kleinen Mädchens zu hören, brachte sie zurück zu jenem schicksalhaften Tag, an dem sie den schlimmsten Fehler ihres Lebens begangen hatte.

Christinas Reflexion im Spiegel lächelte leicht. Sie runzelte die Stirn, verwirrt darüber, wie das überhaupt möglich war, wenn man bedenkt, dass sie nicht lächelte, nicht einmal ein bisschen. Um sicher zu gehen, berührte Christina ihre Wangen und Lippen, um zu sehen, ob sie unbewusst lächelte.

Ein noch größeres Problem ergab sich, als sich in ihrem Spiegelbild ihre Hände nicht bewegten.

"Was? W-was ist das?" Sie taumelte vom Spiegel weg.

"Mörderin!" schrie Spiegel-Christina sie lautstark an.

Christina konnte nichts anderes tun, als entsetzt zu starren. Ihre Atmung beschleunigte sich, und ihre Augen wurden so groß, dass sie sich fragte, warum sie nicht aus ihren Höhlen gefallen waren. Sie war entsetzt... wie versteinert. Es konnte sein, dass sie zu viel in die Dinge hinein interpretierte, aber Christina wusste, was das bedeutete.

Sie erinnerte sich noch einmal an diesen Tag.

"Einatmen... ausatmen...", sagte sie zu sich selbst, schloss die Augen und versuchte, sich eine Version von sich selbst vorzustellen, die ruhig war und keine Panikattacke hatte. Das war ihre regelmäßige Routine, wenn sie eine Attacke hatte. Es war alles nur Einbildung, und sie musste die Schuldgefühle loslassen.

Nach ein paar beruhigenden Atemzügen ging es Christina wieder gut. Sie öffnete die Augen und sah sich erneut in ihrem eigenen Spiegelbild. Sie lächelte. "Siehst du?", sagte sie selbst und fühlte sich erleichtert.

Christina öffnete den Duschvorhang, stieg unter die Dusche und stellte das Wasser an. "Das bildest du dir alles nur ein."

Zu ihrem Entsetzen tropfte nicht etwa Wasser auf ihre Haut, sondern Blut.

Sie schrie auf und fiel nach hinten, wobei sie den Duschvorhang mit sich zu Boden riss.

"Jemand muss mir helfen", sagte Christina und winkte um Hilfe, aber sie war zu weit weg, um gehört zu werden.

Als sie die Augen öffnete, war nichts als Wasser auf ihr zu sehen.

"Was zum ... was ist hier los?", schrie sie die Wände an.

Carlos arbeitete in seinem Job als Leiter der Filiale des Versandunternehmens HomeGo in El Paso, aber er konnte sich an seinem ersten Tag nicht konzentrieren. Greg, der stellvertretende Leiter, hatte ihn durch das Gebäude geführt, was lustig war, weil der stellvertretende Leiter dort, wo er früher gearbeitet hatte, ebenfalls Greg hieß.

Als die Einweisung vorbei war, saß er in seinem Büro und ging die Bücher durch, konnte sich aber keinen Reim auf die Zahlen machen, weil er mit seinen Gedanken nicht bei der Arbeit war, sondern zu Hause.

"Irgendetwas stimmt nicht", sagte er zu sich selbst, und er meinte nicht nur zu Hause. Das Gebäude, in dem er sich gerade befand - irgendetwas daran kam ihm seltsam und doch vertraut vor. Es war fast so, als wäre er schon einmal dort gewesen. Sogar die Leute, die dort arbeiteten, kamen ihm vertraut und doch irgendwie anders vor. Irgendetwas stimmte nicht mit seinem Kopf.

"Ich muss mich ausruhen, Mann... oder zumindest eine Ablenkung finden." Er nahm den Hörer ab und wollte gerade seine Frau anrufen, als er ein Geräusch hörte. Das Geschnatter vor seinem Büro ging weiter, während die Leute Kisten verpackten, aber das Geräusch, das er hörte, war eher musikalisch, was seltsam war.

Das Geräusch ertönte erneut, und Carlos erkannte es als den Klang einer Gitarrensaite. Wer spielte auf der Gitarre? Er sah sich in seinem Büro um, aber er war der Einzige, der da war.

"Wir sind frei", flüsterte ihm eine Stimme zu. Er versuchte, die Stimme mit der Hand an seinem Ohr wegzuwinken, und stand auf.

Die Saite ertönte erneut, diesmal lauter als zuvor. Wie konnte ein Geräusch, dessen Quelle er nicht sehen konnte, lauter sein als das Geschnatter und der Lärm außerhalb seines Büros, den er sehen *konnte*? Nichts ergab einen Sinn, aber seit er hierher gezogen war, ergab auch nichts mehr einen Sinn.

Er rief seine Frau an, und es klingelte ein paar Mal, bevor sie den Hörer abnahm.

"H-Hallo?" Carlos erkannte sofort die Angst in ihrer Stimme.

"Christina, was ist los?"

"Nichts. Warum w-warum... warum denkst du... dass irgendetwas nicht stimmt?"

"Sag mir, was hier los ist... sofort, Christina."

"Ich glaube ... ähm ... mit mir stimmt etwas nicht", erklärte sie. "Ich will nicht, dass du denkst, ich sei verrückt, okay?"

"Das werde ich nicht. Was ist denn da drüben los? Ich bin auf dem Weg." Carlos schimpfte mit sich selbst, weil er sie dort allein gelassen hatte. Die Dinge waren schon seltsam - warum hatte er sie allein in dem Haus gelassen? Er war so ein Idiot, dass er das getan hatte, und er wollte es wieder gut machen.

"Nein, das musst du nicht. Ich habe nur eine Panikattacke. Ich sehe Dinge und erinnere mich an einige Dinge, also ... mach dir keine Sorgen."

"Nein, Schatz, dir geht es im Moment eindeutig nicht gut. Ich sollte für dich da sein."

"*Nein!* Das ist dein erster Tag im Job. Wir müssen das Geld erarbeiten, mit dem wir dieses Haus gekauft haben. Wenn du an deinem ersten Tag einen Verweis bekommst oder in irgendwelche Probleme verwickelt wirst, wird es schlecht für dich aussehen. Im Ernst, bleib einfach und komm nach der Arbeit nach Hause. Ich schaffe das schon. Lass mich mein eigenes Chaos in Ordnung bringen." Sie schien darauf zu beharren, dass sie diejenige mit den Problemen war, aber was, wenn es dieses verdammte Haus war? Und was meinte sie damit, sich an Dinge zu erinnern? Christina war im Allgemeinen ein fröhlicher Mensch, auch wenn sie Panikattacken hatte. Sie hatte Carlos nie gesagt, warum sie gekommen waren. War sie endlich bereit, sich zu öffnen?

"Wir reden weiter, wenn du zu Hause bist, okay?"

"Alles klar, Süße. Pass auf dich auf."

Sie brummte zustimmend.

"Und wenn irgendetwas schief geht... *egal was*, ruf mich an. Ruf mich an... sofort."

"Sicher. Mein Ritter in glänzender Rüstung."

Er lächelte.

Carlos stieß einen schweren Seufzer aus, nachdem er das Gespräch beendet hatte. Er war besorgt... sehr besorgt, aber sie hatte gesagt, dass sie es unter Kontrolle hatte, also musste er ihr einfach vertrauen. Außerdem hatte er seine eigenen Probleme, um die er sich kümmern musste. Irgendetwas Schändliches ging an diesem Ort vor sich. War es ihm von zu Hause zur Arbeit gefolgt? Was ist es überhaupt? Warum hatte er seine Existenz anerkannt?

"Reiß dich zusammen, Kumpel", versuchte er sich zu beruhigen. "Lass sie keine Angst in dir spüren. Du bist der verdammte Manager." Ja, das war er, und wenn er das bleiben wollte, sollte er besser aufhören, sich von seinem Verstand durcheinanderbringen zu lassen.

Christina starrte auf ihren Laptop, der leere Platz wartete darauf, mit geschriebenen Worten gefüllt zu werden, und starrte sie an. Sie hatte ihren Stuhl und ihren Tisch so positioniert, dass sie mit dem Rücken an der Wand stand. Das lag daran, dass sie sich nicht traute, irgendetwas den Rücken zuzuwenden, das dort sein könnte. Sie starrte seit mindestens zehn Minuten auf den Bildschirm, seit Carlos angerufen hatte. Es schien eine gute Idee zu sein, etwas zu schreiben, um den Kopf frei zu bekommen, aber als sie nun tatsächlich versuchte zu schreiben, kam nichts heraus.

"Scheiße", schrie sie und hob den Blick zur Decke. In diesem Moment bemerkte sie etwas, das an der Decke aufgedruckt war ... oder bildete sie sich das nur ein? Da war doch ein Symbol, oder? Es war nicht ganz klar, dass da etwas war, und sie fragte sich, ob ihr der Verstand wieder einmal einen Streich spielte.

"Mörderin", sagte dieselbe kleine Mädchenstimme direkt in ihr Ohr, nur dass die Stimme diesmal schrie, was Christina dazu veranlasste, sich die Ohren mit den Händen zuzuhalten.

Schließlich begann sie, die Puzzleteile zusammenzusetzen. "Das Mädchen ... das Wort Mörderin ... meine Vergangenheit ..." Es zog auf und die Gestalt eines kleinen Mädchens wurde Christina sonnenklar vor Augen geführt. Es war ein Gesicht, das sie erkannte und fürchtete. Das Mädchen sah nicht älter als acht Jahre aus. Sie hatte Zöpfe und trug ein rosafarbenes, geblümtes Kleid, das mit roten Flecken übersät war.

"Du." Christina schob ihren Tisch beiseite und stand auf, wie gebannt von dem Mädchen vor ihr.

"Ich", erwiderte das junge Mädchen kichernd.

"Es ... es tut mir so leid", sagte Christina und ihre Augen tränten. "Ich... ich habe es nicht so gemeint."

"Warum hast du das getan?", fragte das Mädchen und ihre Augen wurden größer.

"I—"

"Du bist damit durchgekommen. Du bist ungeschoren davongekommen", rief das Mädchen und ihre Augen wurden ungewöhnlich groß. Sie waren jetzt so groß wie die einer Zeichentrickfigur, und Christina konnte kaum glauben, was sie da sah. Sie starrte wie gebannt auf das Mädchen, gelähmt von Angst und Schuldgefühlen.

"Glaubst du, du verdienst es, geliebt zu werden, nach allem, was du getan hast?" Aus den unermesslich großen Augen des Mädchens floss ein Strom von Blut.

"Was zum Teufel?" Christinas Herzschlag beschleunigte sich, und sie begann schwer zu atmen. "Was... w-was willst du von mir!"

"Das ist alles ein Traum, also musst du kommen. Spiel mit mir." Das Gesicht des jungen Mädchens war wieder normal, als sie zu Christina hinüberging und ihre Hand nahm. "Komm mit mir. Lass uns Fangen spielen."

Inzwischen war Christina völlig in ihren Bann gezogen und sie lächelte sie an. "Ich werde alles tun, was du brauchst, um dir zu zeigen, wie leid es mir tut."

"Gut. Ich will Fangen spielen. Ich laufe, und du versuchst, mich zu fangen", schlug das Mädchen vor.

Was für ein frühreifes junges Mädchen, dachte Christina. "Sicher. Lass uns spielen, Susan."

"Oh, du erinnerst dich an meinen Namen?"

"Ja, natürlich. Manchmal sehe ich dein Gesicht in meinen Träumen, bevor ich einschlafe. Ich könnte dich nicht so leicht vergessen, nicht nach dem, was ich getan habe."

"Okay, dann werde ich laufen. Du zählst bis zehn", wies Susan an. "Oh, und es wird Hindernisse geben, die dich davon abhalten, mich zu fangen."

"Welche Hindernisse? Wie meinst du das?"

"Meine Freunde. Du wirst schon sehen." Ihr Lächeln wurde wahnsinnig, ihr Grinsen so breit, dass ihre Lippen ihre Wangenknochen erreichten. Das machte Christina Angst, aber sie war wild entschlossen, das kleine Mädchen um Verzeihung zu bitten.

"In Ordnung. Fang an zu zählen." Das kleine Mädchen kicherte, als sie davonlief.

"Zehn ... neun ... acht ... sieben ..." Christina hatte noch nicht einmal die Hälfte geschafft, als sie ein Rumpeln hörte. Sie hatte Angst, aber sie hatte bereits angenommen, dass alles nur ein Traum war. Wenn sie starb, würde sie einfach wieder aufwachen. Sie träumte oft von Susan.

"Sechs... fünf... vier..."

Schritte näherten sich der Tür, aber Susan blieb standhaft und zählte weiter.

"Drei ... zwei ... eins." Sie rannte trotz der Schritte aus dem Schlafzimmer. Höchstwahrscheinlich war es sowieso Susan. Das war ihre Chance, sie zu erwischen.

Christina wurde von einer großen Silhouette eines Mannes ohne erkennbare Gesichtszüge empfangen. Die Gestalt war völlig schwarz, nur die Augen waren farbig.

Sie schrie und fiel auf den Boden.

Der Mann öffnete seinen schwarzen Mund, und eine schwarze Flüssigkeit ergoss sich über Christina. Es fühlte sich an wie Säure.

Christina stieß etwas aus, das sich wie ein Glucksen anhörte. "Susan", rief sie, "Hilfe!" Sie schrie vor lauter Schmerz. Ihre Haut schien vor ihren Augen zu schmelzen. Der Schmerz, als sich die Flüssigkeit durch ihre Haut fraß und sich ihren Weg zu den Organen bahnte, war für sie nicht mehr zu ertragen. Und doch schrie sie laut und flehte um Hilfe.

Im Nu war alles vorbei, und Christina fand sich auf dem Dachboden wieder.

"Wie bin ich hierher gekommen?", fragte sie. Durch das offene Fenster sah sie Susan, die draußen auf dem Dach saß, das wie eine Betonplatte aussah. Christina fand das seltsam, wenn man die Architektur des Hauses und andere in dieser Gegend bedenkt, aber sie konzentrierte sich mehr auf das junge Mädchen.

"Weißt du noch, was du mir angetan hast?" fragte Susan mit traurigem Blick.

"Ja", sagte Christina mit Bedauern.

"Glaubst du, du verdienst Gnade?"

"Nein", antwortete sie. "Was ich dir angetan habe, war furchtbar. Ich hätte niemals damit durchkommen dürfen. Ich wollte es nicht. Es war ein Unfall."

"Und das soll es besser machen?" schrie Susan, aber es klang eher wie ein Kreischen.

Christina musste sich die Ohren zuhalten, weil der Ton zu hoch war. "Ich habe deshalb aufgehört, mit meinen Eltern zu sprechen", versuchte Christina zu erklären. "Ich bin jetzt ein anderer Mensch, das verspreche ich."

"Hatte Susan die Chance, anders zu sein?"

"Warum sprichst du von dir selbst in der dritten Person?" fragte Christina, die ein wenig zur Besinnung kam.

"Erinnern Sie sich an den Anblick, wie ich verblutete? Du erinnerst dich *doch* daran, oder? Weißt du noch, was du getan hast?" Das reichte aus, um die Schuldgefühle in Christinas Kopf zu zementieren. Sie war den Tränen nahe. Das war der schlimmste Moment in ihrem Leben gewesen, und jetzt musste sie sich ihren Dämonen stellen.

"Du hast das Leben eines unschuldigen Mädchens genommen und bist damit davongekommen. Du bist ein böser Mensch."

"Ich bin... ein böser Mensch." Christina war fast traumatisiert, als sie dies von dem Mädchen hörte, dem sie das Leben genommen hatte.

"Du verdienst es nicht, mit deinem Mann glücklich zu sein, während Susans Familie unter Qualen leidet.

"Ich verdiene es nicht, mit Carlos glücklich zu sein, während Susans Familie leidet." Das stimmte. Sie verdiente es nicht, glücklich zu sein, nachdem sie ein so schrecklicher Mensch gewesen war. Susan ließ diese gefährlichen Gedanken in ihrem Kopf schwelen.

Susans Figur Susan lächelte. "Dann komm", sagte sie und hielt Christina ihre Hände hin. "Wir spielen Fangen, nicht wahr? Du musst mich berühren."

SCHRECKEN DER NACHT 1: UNHEIMLICH IRR MYSTERIÖS - EDLE HORROR KURZGESCHICHTEN

"Wirst du mir verzeihen, wenn ich dich erwische?" hoffte Christina.

"Sicher. All das und noch viel mehr wird dir verziehen. Komm einfach raus."

‒Beeindruckt von der falschen Realität, die sich ihr bot, kletterte Christina Hernandez durch das Fenster und stellte ihr Bein auf die Platte. Das Problem war, dass es auf dem Dach außerhalb des Dachbodens nie eine Betonplatte gegeben hatte, und Christina Hernandez fiel.

Fortsetzung folgt...

(DIESE GESCHICHTE BASIERT auf einer Idee meiner lieben Leserin Jennifer Williams)

Finden Sie heraus, was mit der Familie Hernandez passiert ist und entdecken Sie weitere gruselige Geschichten in "SCHRECKEN DER NACHT 2".

WIR VERSAMMELN ALLE Menschen mit einer Leidenschaft für Horror und Thriller in unserer speziellen Gruppe. Wenn Sie dabei sein und sich mit uns verbinden wollen, treten Sie unserer Gruppe bei :)

Melden Sie sich hier an[1]:

https://www.facebook.com/[2] groups/541739063097831/[3]

---

1. https://www.facebook.com/ groups/541739063097831/

2. https://www.facebook.com/groups/541739063097831/

3. https://www.facebook.com/groups/541739063097831/

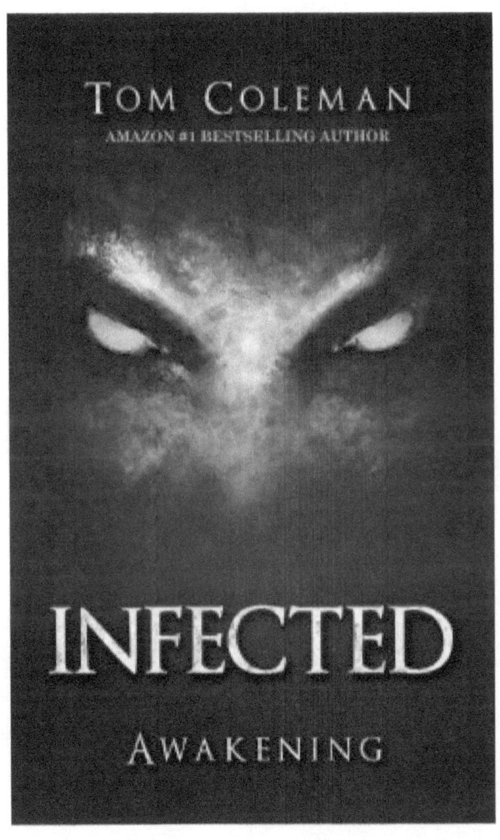
TOM COLEMAN
AMAZON #1 BESTSELLING AUTHOR
INFECTED
AWAKENING

BITTE UM EHRLICHE BEWERTUNG

Liebe Leserinnen und Leser, wenn Ihnen mein Buch gefallen hat und Sie möchten, dass ich weiter schreibe, gehen Sie bitte online und hinterlassen Sie eine ehrliche Rezension.

Ihre Rezension bedeutet mir sehr viel und wird mich ermutigen, Sie mit weiteren Büchern und Geschichten zu überraschen.

TOM COLEMAN

DANKESCHÖN!

Don't miss out!

Visit the website below and you can sign up to receive emails whenever Tom Coleman publishes a new book. There's no charge and no obligation.

https://books2read.com/r/B-A-JTJT-BHZXB

BOOKS2READ

Connecting independent readers to independent writers.

9 798201 386542